Les pulsars

2 Les étoiles mortes

les pulsars

2 Les étoiles mortes

Eve Patenaude

la courte échelle

Les éditions de la courte échelle inc.
5243, boul. Saint-Laurent
Montréal (Québec) H2T 1S4
www.courteechelle.com

Révision :
Nicolas Therrien

Conception graphique de l'intérieur :
L'atelier Lineski

Dépôt légal, 4ᵉ trimestre 2010
Bibliothèque nationale du Québec

La courte échelle reconnaît l'aide financière du gouvernement du Canada par l'entremise du Fonds du livre du Canada pour ses activités d'édition. La courte échelle est aussi inscrite au programme de subvention globale du Conseil des Arts du Canada et reçoit l'appui du gouvernement du Québec par l'intermédiaire de la SODEC.

La courte échelle bénéficie également du Programme de crédit d'impôt pour l'édition de livres — Gestion SODEC — du gouvernement du Québec.

Catalogage avant publication de Bibliothèque et Archives nationales du Québec et Bibliothèque et Archives Canada

Patenaude, Eve

    Les étoiles mortes

    (Série Les pulsars ; 2)
    Pour les jeunes de 12 ans et plus.

    ISBN 978-2-89651-390-1

    I. Titre.

PS8631.A829E86 2010   jC843'.6   C2010-941480-2
PS9631.A829E86 2010

Imprimé au Canada

Eve Patenaude

Eve Patenaude est née en 1979 à Saint-Isidore, a étudié à Sherbrooke et vit actuellement à Montréal. Elle est bachelière en littérature, a travaillé comme rédactrice de sous-titres pour malentendants et occupe présentement deux emplois à temps plein : celui d'écrivaine et celui de mère de deux garçons formidables. Elle pratique également le karaté, mais est encore loin d'être ceinture noire. Le temps qu'il lui reste, elle le passe à lire ou à être dans la lune.

À Etienne, mon Myko.

chapitre

1

Novembre 1947

Une jeune fille était assise en face d'Arken Nyska. Un secré-
taire de bois les séparait. Devant lui, Arken avait déplié
la lettre qu'elle lui avait remise à son arrivée. Il examina
la signature au bas de la feuille : c'était celle d'un ancien
camarade universitaire. Ils avaient fait leur médecine
et s'étaient spécialisés en neurologie ensemble, mais
s'étaient perdus de vue lorsque Arken avait décidé de
poursuivre ses études en physique nucléaire.

La lettre disait ceci :

« Bonjour Arken,

Il y a si longtemps que j'ai pris de tes nouvelles !
Sache que, durant tout ce temps, j'ai suivi ton parcours
professionnel avec grand intérêt. Quelle carrière tu as déjà
derrière toi... et tu n'as que vingt-sept ans ! Je n'aurai sans

doute pas accompli autant à l'âge de la retraite. C'est donc au maître de la médecine nucléaire que tu es devenu que je fais appel aujourd'hui. Je crois que tu peux m'aider.

C'est au sujet d'une de mes patientes, Axifelle Valtari. C'est un cas comme je n'en ai jamais vu. Elle a déjà été examinée par une dizaine de neurologues, en plus de moi, mais personne n'a réussi à établir de diagnostic probant.

Axifelle a des difficultés majeures à se concentrer. Elle a des absences, comme si la communication ne réussissait pas à s'établir entre elle et le monde. Ses propos sont décousus et elle prétend avoir des visions. Elle parvient de peine et de misère à demeurer lucide lorsque la situation l'exige, mais un tel effort l'épuise rapidement. En temps normal, elle ne parvient pas à focaliser son attention sur quoi que ce soit. Selon l'évaluation de son premier médecin, elle a commencé à montrer des signes d'inattention dès la petite enfance. Elle a connu à cette époque des épisodes de fortes migraines, qui perdurent aujourd'hui. À dix ans, elle a perdu ses parents dans un incendie et là, tout a basculé. Son mal, latent jusque-là, s'est réveillé. Je lui ai fait plusieurs tomographies, croyant découvrir une anomalie au cerveau. Mais elles ne m'ont pas permis d'éclaircir le mystère. Je place beaucoup d'espoir dans ton Silmää, d'une technologie plus avancée que ces bonnes vieilles machines que nous utilisons au département de neurologie. J'aimerais donc que tu lui fasses une analyse électromagnétique. »

Arken releva la tête et jeta un regard derrière Axifelle. Au fond de la pièce, une énorme machine munie d'une couchette occupait l'espace. Arken avait baptisé sa création *Silmää*, ce qui signifiait « œil » en tuulien. Le Silmää fonctionnait selon un principe complexe qui s'apparentait à celui du sonar. Grâce à un jeu d'ondes électromagnétiques, on recevait, en écho, un signal renvoyé par certains atomes de la région examinée. Le signal était traduit en image, ce qui permettait d'avoir une sorte de radiographie de l'organe, le cerveau par exemple, en autant de séquences qu'on le désirait. Le plus fantastique avec cette approche, c'était son caractère inoffensif. Contrairement à d'autres méthodes plus invasives qui nécessitaient l'injection d'un marqueur radioactif, le Silmää permettait de recueillir de l'information sur le patient sans que cela ait plus d'impact sur lui qu'une simple photographie. On pouvait donc observer un organe malade sous tous ses angles autant de fois qu'on le voulait, sans qu'aucun dépôt radioactif ne vienne polluer l'organisme. Cette collecte de données s'appelait l'« analyse électromagnétique ». C'était à cela que l'ancien compagnon d'études d'Arken faisait référence.

Arken reprit sa lecture. Un passage retint son attention : « Ce qu'il y a de plus étrange avec le mal d'Axifelle, c'est qu'il est dans une certaine mesure "contagieux". Les gens qui se sont retrouvés dans une proximité physique avec elle ont tous témoigné avoir ressenti les mêmes symptômes qu'Axifelle : difficultés à se concentrer sur leur environnement, impression d'éloignement et d'absence. C'est comme si leur esprit était happé par celui d'Axifelle. Mais dès qu'ils s'éloignaient d'elle, ils reprenaient le contrôle d'eux-mêmes. Les effets ne semblent pas perdurer au-delà du contact physique. »

La lettre se terminait par des banalités et des remerciements.

La curiosité d'Arken était piquée: voilà un sujet intéressant. Il observa Axifelle un moment, puis lui demanda:

— Donc, vous vous nommez Axifelle, c'est bien cela?

Il ne reçut pour toute réponse qu'un silence.

Il se mit à l'examiner. Elle était assez jolie. Son air égaré et ses longs cheveux blonds qui descendaient en vagues jusque dans le bas de son dos lui conféraient un certain charme. D'après le dossier qui était joint à la lettre de recommandation, elle avait seize ans. Son adresse civique était celle d'une pension spécialisée pour individus atteints de troubles mentaux légers. Un employé de la maison avait d'ailleurs pris la peine de conduire Axifelle jusqu'au bureau d'Arken. À la lumière de ce qu'il venait d'apprendre, il comprenait maintenant pourquoi. Elle devait être le genre de fille à se perdre si on la laissait seule.

— Je suis le professeur Arken Nyska, docteur en physique nucléaire. Ensemble, mademoiselle Valtari, nous allons tenter de comprendre de quoi vous souffrez.

Axifelle ne réagit pas.

— Mademoiselle Valtari?

Axifelle sursauta et parut alors réaliser qu'on lui parlait.

— Pardon..., balbutia-t-elle. Vous disiez, monsieur... Je suis désolée, je ne me souviens plus de votre nom...

— Ah, ce n'est rien, répondit-il, un peu dérouté. Vous pouvez m'appeler Arken. Nous allons commencer l'examen, si vous le voulez bien. Veuillez retirer vos bijoux et

votre montre. Je vais sortir un moment, pour vous permettre de vous dévêtir et d'enfiler le vêtement que voici.

— D'accord... Arken.

Il la laissa seule quelques minutes, passant dans
l'autre pièce où attendait l'employé de la pension qui
escortait Axifelle. Puis, il cogna contre le battant, deman-
dant si elle était prête.

— Oui. J'ai terminé.

Il ouvrit la porte. Axifelle, dans son pantalon de coton
et sa longue chemise bleu pâle nouée dans le dos, le
regarda, gênée. Elle avait déposé ses effets en tas sur sa
chaise. Arken l'invita à s'approcher du Silmää et entreprit
de lui expliquer la méthode de l'analyse électromagnétique. Elle avançait d'un pas hésitant, regardant à droite
et à gauche. Arken comprit rapidement qu'elle ne l'écoutait pas. Il dut la prendre par la main, comme une enfant,
pour l'aider à s'allonger sur la couchette. Un large cylindre
électromagnétique trônait à la tête du lit. Afin de lui en
illustrer le fonctionnement, Arken le fit coulisser jusqu'à
l'autre extrémité de la couchette. Il pouvait se promener
le long du corps, du crâne jusqu'aux orteils. Mais dans le
cas qui le préoccupait, Arken n'aurait besoin que d'images
du cerveau d'Axifelle. Il appuya sur divers boutons et activa
le Silmää. Un léger vrombissement se fit entendre et le
cylindre se mit à avancer vers le visage d'Axifelle.

Arken lui demanda de bouger un doigt pendant
quelques secondes, d'arrêter et de recommencer. Cela
dura une vingtaine de minutes. À certains moments,
Arken dut répéter la consigne plusieurs fois pour qu'Axifelle

s'exécute. Enfin, le cylindre recula pour s'immobiliser à la tête du lit, et le Silmää se tut.

Arken invita Axifelle à repasser à son bureau la semaine suivante pour discuter avec elle des résultats de l'examen. Il nota l'heure ainsi que la date du rendez-vous sur un papier, qu'il remit à Axifelle. L'air perdu, celle-ci quitta la pièce.

Il développa les épreuves le jour même. Axifelle montrait un problème flagrant de concentration, mais rien qu'il n'eût déjà vu à plus petite échelle chez des patients atteints du cancer. Il s'attendait à découvrir une tache sombre qui indiquerait une tumeur. Bien sûr, il y avait cette histoire de « contagiosité » qui l'intriguait, mais il n'avait pas eu l'audace d'en faire l'expérience.

Il avait photographié le cerveau d'Axifelle sous toutes ses coutures, un cliché toutes les six secondes. Cela lui faisait environ deux cents images à étudier. Les premières ne révélèrent rien de spécial. Arrivé à la septième, Arken fut surpris : la photo était noire.

« Qu'est-ce que c'est que ça ? » se dit-il.

Il éplucha le reste de la pile, pour se rendre compte qu'une quarantaine d'images, réparties de façon aléatoire, étaient sombres.

« Il a dû y avoir un problème avec la machine... C'est bien la première fois que ça arrive. Quelle plaie ! »

Il mit de côté les épreuves défectueuses et se concentra sur celles qui restaient. En moins d'une heure, il put tirer sa conclusion : tout allait bien dans le cerveau d'Axifelle Valtari. Du moins, sur les bons clichés... À cause du problème technique qu'avait rencontré le Silmää, il lui manquait certains plans. Il lui faudrait faire passer un nouveau test à Axifelle la semaine suivante.

chapitre

02

Axifelle entra dans le Silmää toutes les semaines durant un mois. Chaque séance mena au même résultat: les épreuves réussies étaient ponctuées, de-ci de-là, d'images noires, vides. Pourtant, Arken était certain d'avoir bien ajusté sa machine, et le problème ne se produisait pas avec ses autres patients. À chaque nouvel examen, il réduisit le laps de temps entre la prise des photos, mais le problème persista. La cinquième fois qu'Axifelle s'étendit sur la couchette du Silmää, Arken tenta le tout pour le tout: il décida de sortir cent clichés à la seconde, le maximum que pouvait livrer la machine. Les résultats le laissèrent sans voix.

La séquence s'était subitement organisée. La cinquième photo était sombre, puis la dixième, puis la quinzième. Quatre réussies pour une manquée. C'était ainsi pour toutes les images de l'examen: une suite ordonnée. C'était trop parfait pour être une erreur. C'était comme si

Axifelle vivait au rythme d'une pulsation, comme si à chaque cinq centièmes de seconde, elle... disparaissait.

***

Les examens se poursuivirent durant quelques semaines. Toutes les parties du corps d'Axifelle passèrent sous l'œil du Silmää, avec toujours le même résultat : sur cinq images prises au centième de seconde, quatre étaient bonnes, ne révélant aucune anomalie, et la dernière était complètement sombre. Arken apporta des modifications à sa machine, soumit Axifelle à de nouveaux tests, mais rien ne changea. Axifelle se présentait deux ou trois fois par semaine à son bureau, s'allongeait dans le Silmää, et il y avait toujours cette photo noire tous les cinq centièmes de seconde. Arken était consterné.

Il se plongea dans ses bouquins de physique. Cette histoire de pulsation l'avait lancé sur une piste, qui lui plaisait de plus en plus : l'idée qu'Axifelle soit une sorte de pulsar. Un pulsar... humain.

Lorsqu'une étoile massive meurt, elle s'effondre sur elle-même, elle implose. Après être passée par la phase de supernova et s'être débarrassée de ses couches extérieures, cette étoile — ou du moins son cœur — devient une étoile à neutrons : un noyau comprimé sur lui-même, composé d'une purée de neutrons. Sa densité devient extraordinairement compacte, comme si un cube de sucre pesait un milliard de tonnes. L'étoile à neutrons peut prendre différentes formes, dont celle du trou noir ou, ce qui intéressait ici Arken, celle du pulsar. Pourvu d'un champ magnétique considérable, le pulsar émet un faisceau d'ondes radio à chacun de ses deux pôles. Ces faisceaux balaient l'espace selon la vitesse de rotation du pulsar, qui peut tourner sur lui-même plusieurs centaines de fois par seconde. Du point de vue terrestre, ça donne l'effet d'un phare, qui émet son signal à un rythme effréné. L'étoile à neutrons donne alors l'impression de clignoter. Avant de posséder les instruments et l'expertise nécessaires pour comprendre ce phénomène, les astronomes croyaient qu'elle disparaissait et réapparaissait successivement.

C'est ainsi que, par analogie, Arken nomma le dysfonctionnement d'Axifelle le « syndrome du pulsar ». Maintenant, la question qui l'intéressait était de savoir ce qui arrivait à Axifelle lorsqu'elle entrait dans la phase sombre de son cycle, celle où elle disparaissait. Il ne lui restait plus qu'à aller observer cela lui-même.

***

— Bonjour, Axifelle. Comment vas-tu ce matin ?

— Comment je...? Ah, très bien, Arken, je vous remercie. Et vous ?

— Bien, bien. Notre rencontre d'aujourd'hui sera un peu spéciale.

— Hmm...

Axifelle regardait Arken sans paraître le voir. Il ne prit pas la peine de lui expliquer la marche à suivre de l'expérience.

— Si tu le veux bien, nous allons commencer.

Il s'approcha d'elle et pressa son corps contre le sien. Axifelle se raidit aussitôt et recula d'un pas, rougissante.

— Que... qu'est-ce que vous...?

— Pas de panique, Axifelle, la rassura Arken. Ça fait partie des examens. On m'a parlé de ta contagiosité, et pour en vérifier les effets, je dois me trouver en contact physique rapproché avec toi. Je ne te ferai pas de mal, je te le promets. Je me colle un peu, c'est tout.

Axifelle hocha la tête, les joues en feu. Arken s'avança de nouveau et referma ses bras autour d'elle. Axifelle se blottit contre lui, frémissante.

Il sentit alors son esprit se diluer dans l'espace, avalé par celui d'Axifelle. Son cerveau s'embrouilla et Arken devint soudain très confus. Ses sens l'abandonnèrent, laissant son corps dans un état de torpeur et d'engourdissement général. Des images apparurent devant ses yeux par flashes. Il essaya de se concentrer sur celles-ci, mais c'était vraiment difficile : un paysage dans des teintes d'orangé, des rochers aux arêtes aiguës qui s'élevaient dans une plaine et, au loin, des animaux, tels qu'Arken n'en avait jamais vu, à mi-chemin entre le cheval géant et le lion.

Une migraine le terrassa soudain, comme si on lui avait administré un coup de fouet à la tête. Il gémit. Il dut prendre Axifelle par les épaules et la repousser pour s'arracher à elle. Aussitôt, il retrouva la pleine capacité de ses sens et de son intellect. Il enserra sa tête entre ses mains, assommé par la douleur. Il se tourna vers Axifelle et dit :

— Voilà donc ce que tu vis... Quelle souffrance intolérable !

Il sourit et poursuivit pour lui-même : « ... et quelle sensation fantastique que d'être là-bas ! Quel endroit étonnant! Je sens que je tiens là une découverte fondamentale. Mais avant de m'emporter, poussons l'expérience jusqu'au bout. »

Arken invita Axifelle à s'installer sur la couchette du Silmää, comme à son habitude, avant de démarrer le système. Il retira sa montre et sa cravate, puis ses habits. Il ne garda que son sous-vêtement, sur lequel il passa des pantalons bleu pâle mis à la disposition des patients. Il crut sentir le regard d'Axifelle dans son dos, mais lorsqu'il se tourna vers elle, elle avait les yeux fixés au plafond. Il grimpa à son tour dans le Silmää et s'allongea contre elle. Elle se laissa faire. Aussitôt qu'il la toucha, il sentit de nouveau son esprit s'embrouiller. La seconde expérience lui parut moins douloureuse.

Le Silmää enregistrait les images de leur étreinte. Arken voulait avoir la preuve matérielle que son propre corps passait dans l'autre monde, comme celui d'Axifelle.

Lorsqu'il étudia les clichés après le départ de celle-ci, ses doutes se confirmèrent: son organisme avait été contaminé par le mal et disparaissait tous les cinq centièmes de seconde. Deux fois, il était allé là où Axifelle s'éclipsait: un endroit où la terre était rouge comme sur Mars, et dans lequel vivaient des bêtes fabuleuses, inconnues en ce monde. Arken les chercha dans toutes les encyclopédies animalières qu'il put trouver. À son époque ou dans le passé, nulle trace de quoi que ce fût qui ressemblât au gigantesque cheval à visage de lion. Pourtant, il en avait bien vu des troupeaux entiers, il avait bien humé leur odeur sauvage. Ils existaient... mais pas ici. Son hypothèse se confirmait: Axifelle disparaissait dans un univers parallèle.

***

— Axifelle, j'aimerais te parler. Écoute bien, c'est important.

Arken s'était fait grave et il vit Axifelle se raidir. Il la fit asseoir sur une petite chaise de bois, en face de son bureau, et tira son propre fauteuil près d'elle. Leurs genoux se touchèrent, et Arken recula pour ne pas être déconcentré par les symptômes pulsars. Après s'être assuré qu'il avait toute l'attention d'Axifelle, il prit une inspiration.

— Veux-tu m'épouser?

Elle ouvrit de grands yeux et resta bouche bée. Arken lui sourit. Elle baissa la tête pour masquer la rougeur qui s'étendait sur ses joues, puis balbutia :

— C'est une plaisanterie?

— On ne plaisante pas avec ce genre de demande.

— Mais... me marier...

— Tout ce qu'il faut pour cela, Axifelle, c'est avoir plus de quinze ans et aimer l'autre.

— Vous... vous m'aimez? demanda-t-elle, la voix chargée d'espoir.

Arken lui servit son visage le plus avenant, pour se montrer convaincant.

— Si je t'aime? Mais je suis fou de toi.

— Malgré ma maladie?

Arken se retint de lui répondre : « À cause de ta maladie. » Il hocha plutôt la tête. Axifelle se troubla :

— Je… je…

— Je sais que tu partages mes sentiments.

Axifelle détourna le regard, un sourire gêné aux lèvres.

— Alors, tu acceptes ?

— O… oui… avec joie…

Arken se leva, saisit les mains d'Axifelle entre les siennes, et l'attira vers lui. Aussitôt, il sentit que son être se délayait, aspiré par l'autre monde. Axifelle était toute menue contre lui, à peine plus haute que son épaule. Elle était à lui, il pourrait en faire ce qu'il voulait maintenant. Avec un grand effort de concentration, il l'obligea à relever la tête et l'embrassa. Elle répondit à peine à son baiser. Un grand cheval passa près d'eux, et ils sentirent le claquement de ses sabots faire trembler le sol sous leurs pieds.

chapitre 03

Le 12 mars 1949, quelques mois après son mariage avec Arken, Axifelle disparut.

Arken avait dîné avec elle, puis était allé passer quelques coups de fil dans son bureau, pour discuter avec des collègues d'un colloque de physique qui devait se tenir prochainement et pour lequel il devait préparer une allocution. Lorsqu'il quitta son cabinet pour le repas du soir, il ne trouva pas Axifelle à la table. Il interrogea la bonne pour savoir si elle l'avait vue. Elle lui répondit que non. Axifelle sortait très peu, car, à cause du syndrome, elle avait tendance à se perdre ou à oublier de rentrer. Arken lui avait ordonné de toujours être accompagnée lors de ses sorties. Inquiet, il grimpa à l'étage en appelant :

— Axifelle ! Axifelle !

Dans la chambre conjugale, Arken trouva la penderie ouverte et les cintres débarrassés des vêtements d'Axifelle. Il manquait également une valise. Il ouvrit le coffre dans lequel il conservait toujours quelques économies : il était vide. Arken appela la police.

— Ma femme a disparu. Elle se nomme Axifelle Nyska ; son nom de jeune fille est Valtari. Elle souffre de troubles mentaux qui la rendent inapte à se débrouiller seule. Elle est enceinte de six mois. Il faut absolument qu'elle revienne à la maison... Je vous en prie, retrouvez-la !

Les policiers avaient fait leur travail, mais n'avaient pu retracer Axifelle. Constatant qu'il n'y avait aucun développement dans le dossier, Arken, fou de rage d'avoir laissé s'enfuir la preuve de sa thèse sur les univers parallèles, embaucha un détective privé.

L'attente fut longue. Arken tuait le temps en perfectionnant le Silmää, dans le sous-sol de la maison. Depuis son mariage, il travaillait à domicile et y avait fait déménager ses affaires. De cette façon, Axifelle, principal sujet de ses recherches, demeurait à sa disposition en tout temps.

Arken s'employa jour et nuit à sa tâche. S'il ne s'occupait pas, il ne faisait que ruminer sa frustration.

Ce n'est qu'au milieu du mois de juillet qu'un témoignage permit de croire qu'Axifelle s'était réfugiée à Lastenkia, la plus grande ville de la Tuuli après la capitale, Hyemalis. Arken monta dans la voiture du détective et ils foncèrent à Lastenkia. Ils avalèrent les kilomètres à grande vitesse et furent là-bas en moins de deux heures. Un homme interrogé par le détective soutenait y avoir vu une jeune femme correspondant au signalement d'Axifelle — longs cheveux blonds et air égaré — errer dans une ruelle une bonne demi-heure, avant de se ressaisir et d'entrer dans un immeuble. Arken et le détective n'eurent pas trop de mal à trouver l'endroit, situé dans le quartier défavorisé de Lastenkia. En sortant du véhicule, Arken observa l'édifice : des briques de la devanture s'étaient détachées puis fracassées sur le sol, jonchant la ruelle de miettes rousses, et les balcons aux étages étaient si détériorés que même les écureuils n'osaient s'y aventurer.

Le détective appuya sur le bouton marqué du chiffre « 1 », sur le panneau de communication à l'extérieur. Une voix masculine se fit entendre, assourdie par des crépitements :

— Oui ?

— Êtes-vous le concierge de l'édifice ? demanda le détective.

— Oui, c'est moi.

— J'aimerais m'entretenir avec vous au sujet d'une de vos locataires. Si mes sources sont bonnes, elle serait recherchée par la police.

La réaction du concierge ne se fit pas attendre. Une sonnerie retentit, désactivant le système de verrouillage de la porte. Arken suivit le détective à l'intérieur.

Le concierge les invita à entrer. Le détective, appuyant sa question d'une photo d'Axifelle qu'il tira de sa poche, alla droit au but.

— Un témoin a affirmé avoir vu cette personne entrer dans votre immeuble, il y a deux jours. Habite-t-elle bien ici ?

L'homme examina la photo et acquiesça.

— Oui, une fille très lunatique. Je dois courir après elle chaque mois pour recevoir mon paiement. Elle loue un petit appartement de deux pièces au troisième. Elle est arrivée en avril, je crois.

— Quel est son nom ?

— Attendez un moment..., dit le concierge.

Il ouvrit un tiroir et en tira une pile de baux.

— Elle a signé sous le nom de... d'Axifelle Valtari.

— C'est elle, déclara le détective.

Arken sourit d'un air victorieux.

— Le numéro de son appartement, je vous prie ? demanda le détective.

— 304.

— Je vous remercie infiniment.

Le détective et Arken montèrent les escaliers jusqu'au troisième étage. Au bout du corridor sombre, le nombre « 304 » était cloué sur une porte. C'est Arken qui frappa, trois coups brefs mais impérieux. Aucune réponse. Il attendit quelques secondes et réitéra son geste. Il tendit l'oreille : à l'intérieur, des pas traînants s'approchèrent. La porte s'ouvrit. C'était Axifelle.

Lorsqu'elle le reconnut, elle poussa un petit cri et porta la main à sa bouche. Arken entra dans la pièce, enlaça sa femme et la serra contre lui. Sentant son esprit lui échapper, il s'écarta d'elle. Il lui dit alors :

— Axifelle, ma chérie... mais dans quel état je te retrouve...

Elle était considérablement amaigrie, et des cernes creusaient ses orbites. Ses vêtements nauséabonds étaient couverts de taches. Sa longue chevelure emmêlée pendouillait le long de ses joues luisantes.

Axifelle se taisait. C'est alors qu'Arken remarqua son ventre plat.

— Le bébé ! s'exclama-t-il. Où est le bébé ?

Elle détourna la tête.

— Je l'ai perdu... mort-né, murmura-t-elle, la voix tremblante.

Arken pinça les lèvres. Il saisit la main d'Axifelle et la tint serrée entre les siennes.

— Tu rentres à la maison avec moi. Et crois-moi, je ne te laisserai plus jamais t'enfuir comme ça. Je vais te surveiller à chaque instant, je ne te quitterai pas d'une semelle. Tu es ma femme, tu es à moi. J'ai besoin de toi. Ne fais plus jamais ça !

Axifelle soupira. Arken la conduisit jusqu'à la voiture, la fit entrer dans l'habitacle et attacha sa ceinture. Il paya le mois suivant au concierge, lui expliquant qu'Axifelle libérait les lieux et qu'il pouvait louer l'appartement à quelqu'un d'autre.

Sur le chemin du retour, Axifelle ne dit pas un mot. Arken, lui, respirait enfin. Il avait perdu l'enfant, soit, mais rien ne l'empêcherait d'en faire un autre, maintenant qu'il avait retrouvé Axifelle.

Arken mit la touche finale au Silmää la semaine qui suivit le retour d'Axifelle. Il avait tenté à plusieurs reprises de la questionner sur les motifs de son départ.

— Nous sommes bien ensemble, Axifelle, et je suis un bon mari pour toi... Pourquoi donc es-tu partie ?

Axifelle s'obstinait dans son mutisme. Elle se montrait taciturne, méfiante, et demeurait la plupart du temps cloîtrée dans leur chambre. Arken attribua son attitude à la mort de leur bébé et cessa de l'interroger. Il songea qu'Axifelle ne savait sans doute pas elle-même pourquoi elle s'était enfuie.

« Le syndrome affecte de plus en plus son jugement », conclut-il.

Un matin, après avoir passé la nuit à travailler sur le Silmää dans son atelier, Arken entra dans la chambre conjugale avec un air triomphant. Axifelle, assise sur le lit, regardait par la fenêtre.

— Ma chérie, j'ai terminé ! C'est aujourd'hui le grand jour !

Elle ne répondit pas. Arken la rejoignit et lui dit d'une voix douce :

— Je sais que la perte de notre enfant t'est douloureuse, Axifelle. Mais la vie continue, nous sommes encore jeunes. Si tu veux, nous pouvons essayer d'en avoir un autre. Et puis, moi, je suis là pour toi.

Un silence s'installa. Arken poursuivit :

— Axifelle, je t'ai gardée dans l'ignorance. Je sais de quel mal tu souffres.

Elle eut enfin une réaction et planta ses yeux dans ceux d'Arken.

— Tu es si fragile que je n'osais te le dire. Le syndrome du pulsar est tellement extraordinaire ! Une seule personne au monde en est atteinte, à ma connaissance, et c'est toi. Veux-tu savoir de quoi il s'agit ?

Axifelle demeura de marbre.

— Voilà : tu es capable de traverser dans un univers parallèle. Tous les cinq centièmes de seconde, tu bascules dans un autre monde.

Axifelle le considérait avec attention, et Arken fut étonné de la voir aussi concentrée. Il continua.

— Cette faculté, déjà exceptionnelle en soi, a également ceci de particulier qu'elle peut être transmise à un autre individu. Lorsque tu entres en contact physique étroit avec quelqu'un, cette personne te suit dans l'univers parallèle. Tu lui sers de véhicule. J'ai modifié le Silmää pour que ton passager, une fois là-bas, puisse se séparer de toi. De cette façon, il pourra explorer les lieux à son aise. Tu imagines ?

Arken, emporté par son enthousiasme, oublia à quel point il était difficile pour Axifelle de comprendre des concepts complexes, et il se lança dans une explication détaillée de ses expérimentations :

— Évidemment, puisque tu ne disparais qu'un centième de seconde, cela doit être exécuté à une vitesse ultra-rapide. Le Silmää est désormais réglé pour le faire. J'ai par ailleurs découvert la longueur d'onde électromagnétique capable d'influer sur l'anatomie humaine. Celle qui était auparavant utilisée pour obtenir les analyses électromagnétiques était trop faible et traversait le corps. Celle que le Silmää exploite maintenant, plus dense, fonctionne un peu comme une décharge électrique : l'onde s'immiscera entre les deux corps et les détachera, en créant entre eux un espace infinitésimal, de l'ordre d'un ou deux microns. À l'instant précis où toi et ton passager vous retrouverez dans l'autre monde, le Silmää déclenchera la commande de séparation, ce qui permettra à celui qui t'accompagne d'être lâché là-bas. Toi, tu continueras à ressentir les effets habituels du syndrome, mais la personne que tu enlaçais aura disparu. Le processus inverse est aussi simple : lorsqu'il désirera revenir dans ce monde-ci, le passager n'aura qu'à établir un contact physique avec toi, dans l'autre monde. Le Silmää, détectant le deuxième corps, se chargera de vous séparer au moment où vous vous trouverez dans notre univers. C'est fascinant, non ?

Axifelle fixait le mur derrière Arken.

— Mais je perds mon temps à t'expliquer tout cela, soupira-t-il. Allez, viens, nous allons l'essayer.

Il prit Axifelle par les épaules et l'obligea à se lever. Elle obéit comme un automate. Ils s'engagèrent dans les escaliers menant au rez-de-chaussée, puis au sous-sol. Le contact des pieds nus d'Axifelle sur le plancher glacé la fit frissonner. L'espace d'un instant, elle retrouva son attention et Arken en profita pour lui exposer la marche à suivre.

— Écoute bien, Axifelle, voici ce que nous allons faire : nous nous installerons tous les deux dans le Silmää, l'un contre l'autre. J'aurai avant cela enclenché les commandes automatiques, car une fois collé sur toi, je serai trop confus pour diriger la manœuvre. Le Silmää calculera par lui-même le moment où il devra nous séparer. Donc, nous nous placerons dans la machine, et tout ce que tu auras à faire sera d'y rester. C'est très important. Si tu quittes l'engin, je ne serai plus en mesure de revenir ici. De plus, je crains que cela ne cause un court-circuit qui pourrait mettre nos vies en danger. Alors, tu ne bouges pas tant que je ne serai pas de retour. Pour notre premier essai, je ne serai absent que quelques secondes. Tu as bien compris ?

Axifelle sourit en hochant la tête.

— Tout à fait, déclara-t-elle, prononçant ses premiers mots depuis son retour.

Arken, heureux de l'entendre, lui rendit son sourire.

— Allons-y, ma chérie.

Il l'invita à s'étendre sur la couchette du Silmää. Il lança la commande sur le panneau de contrôle de la machine, qui émit une vibration sourde. Arken appuya encore sur quelques boutons, avant de s'approcher d'Axifelle et de s'allonger sur elle.

— Quelle sensation enivrante..., murmura Arken, se sentant perdre le contrôle de lui-même.

Des images lui traversèrent l'esprit et une chaleur l'envahit. Il se laissa dériver mentalement, puis entendit un déclic sourd. L'instant d'après, il flottait au-dessus d'un sol de sable rougeâtre, où s'étiraient des ombres matinales. Il se redressa et, quittant les bras d'Axifelle, posa un pied par terre : il était dans l'autre monde. Sous un ciel pâle, des rochers ocrés se dressaient et filtraient les miettes dorées du soleil levant. Arken pouvait voir des bosquets de graminées sèches, plantées par-ci par-là, dont s'échappaient des nuages de pollen. Au loin se mouvaient les silhouettes étranges et gigantesques des chevaux-lions qu'Arken avait souvent eu l'occasion d'apercevoir.

Arken voyait Axifelle près de lui, comme une aura diffuse, translucide. Elle fixait ses mains, tournant la tête à droite et à gauche.

— Je suis ici, ma chérie, dans l'autre monde...

C'est alors qu'il la vit s'asseoir d'un mouvement vif, jeter un coup d'œil dans sa direction, et balancer ses jambes dans le vide.

— Mais qu'est-ce qu'elle fait ? Elle... elle s'en va !

Arken se jeta sur la silhouette diaphane d'Axifelle et tenta d'agripper sa taille. Aussitôt, un second déclic retentit, plus fort que le premier, et il se retrouva dans le sous-sol de sa maison à Hyemalis, étalé en travers de la couchette du Silmää. Voyant Axifelle, tombée à ses pieds sur le plancher, il aboya :

— Espèce d'idiote, ça aurait pu être dangereux ! Tu n'écoutes donc vraiment jamais quand je te parle ?

Fidèle à elle-même, Axifelle, demeurant immobile, ne répondit pas. Furieux, Arken sauta en bas de la couchette et se pencha sur elle pour la forcer à l'écouter. Horrifié, il eut un mouvement de recul.

— Non !

Des yeux grands ouverts d'Axifelle coulait un peu de sang. Sa peau brûlante fumait par endroits. Elle était morte.

Avril 2011

Le sas s'ouvrit en grinçant. Ici, sur la Terre, l'air était coupant comme le verre. Il déferla en bourrasques à l'intérieur du cargo, et quelques Aréiens se mirent à tousser: ce froid mordant leur faisait mal aux poumons.

Après quelques convulsions, la vibration familière du moteur cessa soudain. Le silence: les Aréiens ne l'avaient jamais entendu de leur vie. Massés à l'entrée du sas, ils contemplèrent le paysage, figés par la solennité du moment. La neige recouvrait tout de façon égale. Hynamë, le nouveau dragon-dieu, voltigea un moment au-dessus de l'Area, hésitant à le quitter, puis gonfla son corps pour prendre de l'altitude. Il s'effaça dans les nuages.

Shila traversa la foule rassemblée dans le hangar et posa le pied sur la plateforme de débarquement. Elle la descendit avec assurance, le journal de bord de Kismaki sous le bras, jusqu'à atteindre le sol blanc, dans lequel ses pieds s'enfoncèrent. Ses mâchoires se mirent à claquer. Elle se tourna vers son équipage et fit un signe de la tête.

De l'assemblée exaltée retentit un grand cri qui déchira la quiétude de l'Arctique. Les Aréiens, bras au ciel, dévalèrent la passerelle. Ils coururent et se lancèrent dans la neige en riant et en pleurant de joie. Ils attendaient ce moment depuis toujours !

Shila regardait Myko avec amusement : il piétinait le sol, comme pour tester sa stabilité. Il affichait un immense sourire.

— C'est la Terre, Shila ! Je touche à la Terre ! C'est incroyable !

— Tu n'es pas trop déçu ?

— Tu rigoles ? C'est encore mieux que ce que j'imaginais ! Qu'est-ce que ce sera lorsque nous serons à Unelmyna !

Pour sa part, Shila n'était pas certaine d'être heureuse de retrouver la terre ferme. Toutefois, la redécouvrir avec Myko pourrait lui permettre de se réconcilier avec elle, se disait-elle. Unelmyna, comme elle se l'imaginait, avait les teintes dorées de Terata. Elle regarda le paysage : elle avait peine à croire qu'il s'agissait de la planète où elle avait vécu jusqu'à ses quinze ans.

Shila entendit le vrombissement d'un moteur au loin. Pour ses oreilles habituées au vacarme permanent des réacteurs du cargo, cela ressemblait plutôt au léger bourdonnement d'un insecte. Elle tourna la tête en direction du bruit : une grosse autoneige à habitacle vitré fonçait vers eux, creusant le tapis blanc de ses chenilles métalliques.

— On vient nous accueillir, dit Shila à Myko.

Autour d'elle, les gens continuaient à déserter l'Area, s'ébrouant dans la neige et s'exclamant de bonheur. Une partie de l'équipage, peut-être plus frileuse ou angoissée, n'osait quitter le vaisseau. Elle se tenait derrière les hublots et observait le panorama.

On se passa le message que des inconnus arrivaient, et la foule se calma peu à peu. L'autoneige s'arrêta à quelques mètres de là. Elle était énorme et devait être capable d'accueillir à son bord au moins sept personnes, en plus du conducteur. Un homme habillé de tissus synthétiques rembourrés et de grosses bottes sortit du côté passager. Shila discerna sous son bonnet ses petits yeux d'un gris très pâle et son nez rougi par le froid. Il s'avança et déclara d'une voix forte :

— Je désire parler à dame Iloni, la commandante de l'Area.

Shila fit quelques pas en avant en serrant le livre contre elle.

— Malheureusement, notre commandante est décédée. C'est moi qui lui ai succédé. Je suis Shila, sa fille adoptive.

L'homme la dévisagea quelques instants, avant d'apercevoir le livre qu'elle tenait contre son cœur. Il se pencha en une courte révérence.

— Mes hommages, dame Shila. Je me nomme Kylma. Je suis le directeur adjoint de la base d'Apikela. Le professeur Arken Nyska m'a chargé de venir vous accueillir en son nom. Bienvenue sur la Terre. Nous sommes heureux que vous ayez mené à bien votre mission.

Ils s'observèrent un moment. Kylma continua.

— L'abeille de Lokimë se trouve bien dans le journal ?

— Oui.

— Qui est celui ou celle qui a réussi à la capturer ?

— C'est moi, révéla Shila. Lorsque Lokimë est mort, elle a volé jusque dans ma main.

— Bien. Vous pouvez me remettre le livre.

Shila hésita quelques secondes. Elle n'avait pas envie de s'en départir, comme si elle craignait ainsi de trahir l'abeille. Kylma tendit la main vers elle d'un geste impérieux. Elle ne put faire autrement que de le lui donner.

— Je vais vous escorter jusqu'à la base, reprit-il. Le professeur Nyska désire discuter avec vous de certaines questions.

Shila et Myko échangèrent un sourire excité.

— Unelmyna ? demanda-t-elle à Kylma.

— Entre autres.

Shila s'exclama :

— Nous sommes si impatients de la voir ! Quand pourrons-nous y emménager ?

— Vous saurez tout cela une fois sur la base. Pour le moment, l'équipage du cargo demeurera sur l'Area.

— Jusqu'à ce que nous puissions prendre possession d'Unelmyna ?

— Tout à fait.

— Et les autres cargos de la flotte ?

— Un destin différent attend les membres de leur équipage. Comme ce ne sont pas ceux qui ont rapporté l'abeille, ils seront logés à Hyemalis.

Shila se tourna vers Myko et demanda à Kylma :

— Puis-je emmener quelques personnes avec moi ?

— L'espace est limité sur la base. Nous ne pouvons vous octroyer plus de trois chambres.

— Très bien. Dans ce cas, Myko, ici présent, m'accompagnera, ainsi que deux de mes gardes du corps.

Kylma hocha la tête pour signifier son assentiment. Shila dit à Myko :

— Va à l'intérieur chercher les effets personnels dont tu auras besoin sur la base. Demande à ce qu'on s'occupe de rassembler les miens, s'il te plaît.

Myko acquiesça et remonta dans le cargo en courant. Kylma se pencha vers Shila.

— Il est temps de partir. Si vous désirez vous adresser à votre équipage avant de gagner la base, il faudrait le faire rapidement.

Shila remonta la passerelle d'embarquement pour dominer le groupe d'Aréiens. Elle leva le bras pour réclamer le silence, qu'elle obtint en quelques instants. Les hommes et les femmes, grelottants, tendirent l'oreille.

— Membres de l'équipage de l'Area, proclama-t-elle d'un ton solennel, monsieur Kylma est venu à notre rencontre aujourd'hui pour nous souhaiter la bienvenue sur Terre. Nous avons accompli notre mission et pouvons espérer recevoir notre récompense bientôt.

Des cris joyeux fusèrent de l'assistance.

— Je dois me rendre sur la base d'Apikela pour connaître les modalités de la prise de possession d'Unelmyna. Je vous quitte donc pour un temps. Le général Laris supervisera la gestion du vaisseau pendant mon absence. Lorsque je reviendrai, je n'aurai que de bonnes nouvelles, je vous le promets !

L'équipage lança des vivats vers le ciel.

— Vive la Terre ! Vive Unelmyna !

Shila demanda que Laris la rejoigne, et elle échangea avec lui quelques mots quant à son mandat. Il agirait à titre de commandant intérimaire et pourrait exercer les mêmes droits qu'elle jusqu'à son retour. Elle s'attendait à ce qu'il veille à la bonne acclimatation des Aréiens à leur nouvel environnement et qu'il contienne les effusions exagérées qui pourraient nuire au bon fonctionnement du vaisseau. L'ordre devait continuer à régner sur l'Area. Advenant un événement notable, un messager serait chargé de venir l'en avertir sur la base d'Apikela.

Laris choisit deux de ses meilleurs gardes du corps et les assigna à la protection de Shila. Des bonnes débarquèrent des entrailles du vaisseau au pas de course, serrant dans leurs bras des sacs remplis des vêtements de Shila. Elles les remirent aux gardes, qui s'occupèrent de les porter. Emboîtant le pas à leur commandante, ils descendirent la passerelle pour charger les bagages dans l'autoneige de Kylma. Dévalant les marches du sas, Myko arriva à son tour. Il avait pris un petit baluchon et avait jeté sur son dos une veste supplémentaire.

Kylma les pressa d'entrer dans le véhicule. Shila pénétra dans l'appareil. Elle eut un pincement au cœur. Après seulement quelques mois, le vaisseau était devenu sa maison. Alors que l'autoneige s'éloignait, elle se tourna une dernière fois vers son équipage : jamais elle ne s'était sentie à ce point aréienne.

***

D'un hublot de la Zone A, Aniki observait le véhicule quitter les lieux, Shila à son bord.

— Pourquoi ne sors-tu pas un moment, toi aussi, ma chérie ? demanda Syni, sa mère, en la rejoignant près de la vitre contre laquelle elle était penchée.

— Je n'en ai pas envie, trancha Aniki.

— Mais c'est la Terre ! Tu devrais descendre y poser le pied, juste pour voir ce que ça fait !

— Tu n'y es pas allée non plus, à ce que je sache.

Syni accusa le coup.

— Il y a trop de monde pour le moment. Je n'aime pas les foules. Mais ton père y est. Tu devrais aller le rej...

— Ça ne me tente pas, je te dis !

Aniki répondit au long soupir que poussa Syni en détournant la tête. Elle la sentit poser une main affectueuse dans le haut de son dos, là où la veille encore deux moignons d'ailes pourries étiraient sa peau. Elle se dégagea en se retournant et appuya son dos contre le hublot.

— Ça fait encore mal ? s'inquiéta Syni.

— Non.

Syni la fixa du regard, un sourire hésitant aux lèvres.

— Aniki, je me fais du souci... Depuis que tu es revenue du Galesiki, tu n'es plus la même. Ton père et moi avions attribué cela au traumatisme de ton expérience là-bas, mais tu prétends avoir été bien traitée. Et plus le temps passe, plus tu nous sembles amère et dure. Qu'est-il vraiment arrivé là-bas ? Nous aimerions tant pouvoir t'aider...

Aniki garda le silence un instant, puis se tourna vers sa mère.

— Ne crois-tu pas qu'il est injuste que ce soit Shila qui se retrouve aujourd'hui aux commandes de l'Area, que ce soit elle qui reçoive les honneurs pour la mission accomplie ?

Aniki la prenait de court.

— En fait... non... Elle était l'héritière. Iloni l'a choisie, elle, pour lui succéder. C'est ainsi que ce doit être.

— Mais Shila n'est même pas issue du peuple céleste ! C'est une étrangère ! Ce devrait être à toi de diriger le cargo, maintenant qu'Iloni est morte.

Syni se rembrunit.

— La perte de ma sœur m'est très douloureuse, Aniki. N'envenime pas la situation, s'il te plaît.

— Tu es sa plus proche parente. C'est à toi qu'aurait dû revenir le titre de commandante.

— De toute façon, je n'en voudrais pas. Je ne suis pas une meneuse. Et notre quête de l'abeille est terminée. Combien de temps encore l'Area aura-t-il besoin de quelqu'un pour le diriger ? Cesse de te tracasser avec ça, je suis satisfaite de mon sort.

Aniki fit la moue. Elle s'éloigna de quelques pas du hublot, comme si elle en avait assez de discuter, mais soudain, elle fit volte-face et se planta devant Syni.

— Dans ce cas, ce devrait être à moi de gouverner l'Area.

— Mais, chérie...

— Et ce, même si ce n'était que pour quelques jours. À moi, tu entends ?

Avant que Syni ne puisse ajouter quoi que ce soit, Aniki reprit :

— Je suis une fille du ciel ; Shila, une usurpatrice. Et je suis persuadée que les membres de l'équipage seront d'accord avec moi.

chapitre 6

Arken Nyska se trouvait, comme à son habitude, assis dans son bureau, au cœur de la base d'Apikela. Il avait maintenant quatre-vingt-onze ans. Sur son dos voûté se déployait une crinière hirsute de cheveux jaunâtres, et des taches de vieillesse lui rongeaient les joues. Son visage était strié de rides, ses mains pétrifiées par l'arthrite. Le vieil homme gardait une canne quadripode près de son fauteuil. Deux gardes vêtus d'une combinaison grise marquée d'un écusson noir en forme d'hexagone attendaient derrière lui, des filets à papillons dans les bras.

On cogna à la porte.

— Entrez! dit Arken.

Un homme pénétra dans la pièce, un livre à la main. Il referma la porte derrière lui.

— Kylma, te voilà enfin! Alors, tu l'as?

Kylma lui remit le journal de Kismaki. Arken le tint serré et l'observa quelques instants pour s'assurer qu'il s'agissait bien de ce qu'il attendait. Il le posa sur sa table de travail, quatrième de couverture vers le haut, puis demanda, suspicieux :

— L'as-tu ouvert ?

— Non, bien sûr, répondit Kylma. Vous me l'aviez interdit.

— Bien. Viens près de moi.

Kylma contourna le bureau et se plaça aux côtés d'Arken. Se sentant vieillir et craignant que l'abeille ne soit pas capturée de son vivant, Arken avait décidé dix ans plus tôt de se trouver un adjoint, un successeur aussi passionné par ses recherches que lui-même. Son choix s'était porté sur Kylma, un physicien aujourd'hui âgé d'une quarantaine d'années, reconnu dans le milieu scientifique pour son obsession des univers parallèles, son intelligence hors du commun et pour le devoir qu'il se faisait de placer la connaissance avant tout principe moral. Arken s'était reconnu en lui ; il savait que s'il venait à décéder avant la conclusion de son projet, Kylma saurait le faire aboutir.

Arken se retourna et jeta un regard à ses hommes, qui raffermirent leur prise sur les filets. Du bout des doigts, il ouvrit le livre, et lorsque le caisson en forme d'hexagone apparut, il retint son souffle.

Dans la cavité, une abeille diaphane lissait les antennes de ses pattes avant. Une paroi translucide recouvrait l'ouverture. Arken s'exclama :

— Qu'est-ce que c'est que ça ?

— Un problème, professeur ?

Kylma semblait inquiet.

— Je ne sais pas.

Les hommes aux filets échangèrent un regard intrigué. Arken se pencha sur le journal et pressa de son ongle l'étrange vitre qui emprisonnait l'abeille. Celle-ci paraissait solide. Il appuya plus fortement, sans réussir à la percer. Il grogna. Dans sa niche, l'abeille bourdonna et commença à voleter contre la paroi. Kylma tendit la main.

— Je peux ?

— Essaie toujours, fit Arken en repoussant le journal vers lui.

Kylma le souleva et, des deux pouces, essaya de casser la vitre. Rien à faire. Il reposa le livre, choisit une agrafeuse sur la table et interrogea Arken du regard. Celui-ci hocha la tête. Kylma leva le bras et assena un grand coup sur la paroi. L'agrafeuse ricocha sur la surface et vola des mains de Kylma jusqu'au sol. L'abeille, sous sa vitre intacte, s'affolait de plus en plus.

Kylma s'inclina devant Arken.

— Je suis désolé, professeur.

Celui-ci, les lèvres pincées, se tassa dans son fauteuil.

— Je ne peux croire qu'après soixante ans d'efforts, une fois l'abeille devant moi, je ne puisse toujours pas l'atteindre. C'est intolérable !

Quelques secondes passèrent. Arken se redressa et dit :

— Kylma, trouve-moi les coordonnées de Kismaki. Il faut que je lui parle.

— Bien, professeur.

***

Quarante ans s'étaient écoulés depuis que Kismaki avait terminé son contrat avec Apikela et regagné la Terre : il était à prévoir que celui-ci aurait déménagé un certain nombre de fois et serait difficile à retrouver. Mais Arken avait aussi sélectionné Kylma pour son efficacité. Une fois de plus, la justesse de son choix se confirmait. Il ne fallut pas plus d'une heure à Kylma pour joindre Kismaki.

Pendant ce temps, Arken et ses gardes essayèrent de faire sortir l'abeille de Lokimë de la cavité. Avec précaution, pour ne pas la tuer, ils tentèrent de briser la vitre avec un stylet, et même un marteau. Rien n'y fit ; la paroi semblait indestructible.

Arken regardait ses hommes de main s'affairer autour du livre lorsque Kylma reparut dans la pièce.

— Tu as pu le trouver ? lui demanda-t-il.

— Oui. Il vit toujours en Tuuli, à Hyemalis. Je l'ai au bout du fil. Je me suis permis de lui résumer la situation.

— Excellent. Merci, Kylma. Quelle ligne ?

— La trois.

Arken saisit le combiné téléphonique et appuya sur un bouton. La transmission était mauvaise, car la base était située à trois cents kilomètres de la localité la plus proche.

— Bonjour, ici Arken Nyska. Je parle bien à monsieur Kismaki?

La ligne était chargée de parasites. Il y eut un délai de quelques secondes.

— Oui, c'est bien moi, répondit Kismaki d'une voix éraillée et lointaine. Professeur Nyska, quelle surprise de vous entendre! Je suis heureux de vous savoir encore en vie!

— Le plaisir est réciproque. J'irai droit au but. Mon adjoint, Kylma, vous a expliqué l'objet de mon appel, je crois?

— Effectivement. Il m'a annoncé que l'abeille avait été capturée par l'équipage de l'Area! Quel merveilleux événement! Je ne peux m'empêcher de ressentir une certaine fierté en pensant que c'est le vaisseau que j'ai administré qui a réussi cet exploit.

— Oui. Mieux vaut tard que jamais. Cependant, l'abeille demeure inaccessible. Elle est prisonnière de votre journal.

— Prisonnière?

— Comme vous le savez, votre journal de bord, comme ceux de chacun des administrateurs des vaisseaux de la flotte, était muni d'un dispositif spécial: une cavité permettant d'accueillir l'abeille et un détecteur qui, dès qu'il décelait la présence de l'insecte, émettait un signal à la salle de contrôle de la base.

— Oui, je me souviens très bien. C'est la raison pour laquelle je devais laisser le journal sur l'Area à mon départ.

— Exactement. Cependant, une paroi est apparue, qui scelle le caisson. L'abeille est enfermée à l'intérieur. C'est moi-même qui ai conçu le dispositif servant à capturer l'insecte, mais cette vitre incassable n'en fait pas partie. Auriez-vous fait quelque chose qui aurait pu causer ce phénomène ou rendre le dispositif défectueux?

— Non, je ne vois vraiment pas, se défendit Kismaki.

Arken, tout en discutant avec Kismaki, feuilletait le journal, dans l'espoir de trouver un indice qui lui permettrait de résoudre le mystère. Les pages de notes datées étaient entrecoupées de temps à autre par des gribouillis, des croquis de dragons, d'oiseaux ou d'abeilles. L'écriture régulière défilait devant ses yeux.

— L'avez-vous, je ne sais pas, échappé dans l'eau ou quelque chose du genre?

— Non, absolument pas. J'en ai pris grand soin.

Arken soupira.

— C'est fâcheux. J'espérais trouver la solution de votre côté. Si un souvenir permettant d'éclaircir ce mystère vous revenait, j'aimerais que vous me contactiez.

— Avec plaisir.

— Je vous remercie. Je dois maintenant vous quitter.

— Attendez un instant! Pardonnez mon audace, mais puis-je vous demander une faveur?

Arken parut agacé.

— Laquelle ?

— Si vous réussissez à retirer l'abeille du caisson, m'accorderiez-vous l'autorisation d'assister à son transfert dans la bouche de celle à qui vous la destinez ? Si les facultés de l'abeille se confirment, ce serait une grande page d'histoire. Le mythologue en moi ne peut laisser passer une telle chance.

Arken grommela.

— Mais... je vous croyais à la retraite.

— Un passionné de mythologie le demeure jusqu'à sa mort, mon cher Nyska. Et vous, quand prendrez-vous votre retraite ?

Arken ne put s'empêcher de sourire.

— Jamais, bien sûr. Tant que je vivrai, je poursuivrai mes recherches.

Arken, qui feuilletait toujours le journal, parvint aux dernières pages, qui étaient restées blanches. Il trouva, glissée entre elles, une feuille pliée en deux. Il l'étendit sur le bureau. C'était une liste de prénoms. On pouvait y lire : « Enfants terrestres ». Arken fronça les sourcils.

— Alors, professeur, continua Kismaki, pouvez-vous consentir à ma requête ? Je vous en serais infiniment reconnaissant.

Arken examinait toujours la liste. Ses yeux réduits à deux minces fentes rappelaient ceux du chat avant qu'il ne saute sur sa proie. Il finit par répondre :

— C'est d'accord. Prenez l'avion le plus rapidement possible pour la base d'Apikela. J'espère vous y voir dès demain. Je ferai préparer une chambre en conséquence. Peut-être que votre présence ici ne me sera pas inutile, après tout. En fait, j'aurai besoin de quelques éclaircissements.

Tandis que Kismaki se confondait en remerciements, Arken raccrocha.

chapitre

07

La base d'Apikela ressemblait à un crustacé, un gigantes-que crabe échoué dans la plaine arctique. Sur la façade ouest, où le vent soufflait le plus fort, les tentacules de neige remontaient le long des murs jusqu'au toit. Le bâti-ment se résumait en des parois de béton sans fenêtres. Lors de la construction de cette base à vocation purement utilitaire, les architectes n'avaient fait preuve d'aucun souci esthétique.

L'intérieur n'était guère plus accueillant. Les couloirs blancs étaient éclairés par des tubes fluorescents, les chambres étaient minuscules, et on n'avait pas jugé essentiel de recouvrir le sol de ciment d'un quelconque revêtement. Lorsqu'elle arriva sur place, en compagnie de Myko et de ses gardes du corps, Shila trouva l'endroit sinis-tre. Elle espérait qu'Apikela n'avait pas engagé les mêmes architectes pour réaliser la construction d'Unelmyna.

On attribua des chambres voisines à Shila et Myko. Les deux gardes du corps aréiens en partageraient une troisième. On donna également à tous des vêtements chauds: pulls de laine et pantalons ouatés. Shila et Myko se retirèrent dans leurs appartements pour se changer. Shila ôta sa longue robe verte et la posa sur le lit pour ne pas la froisser. Elle songea que c'était peut-être la dernière fois qu'elle portait de tels atours. Ici, il faisait froid, et à Unelmyna, tous vivraient comme des rois. L'équipage n'aurait plus besoin de commandante. Son règne à peine entamé se terminerait déjà.

Des coups retentirent à sa porte. Elle acheva d'attacher son pantalon.

— Entrez!

Myko pénétra dans la pièce. Shila fit mine de parader devant lui.

— Ils sont chouettes, ces vêtements, pas vrai? Plus confortables que mes robes d'apparat.

— Tu es très mignonne là-dedans.

Shila rougit. Myko s'approcha d'elle et l'entoura de ses bras, comme il l'aurait fait avec un animal blessé. Il appuya son menton sur le dessus de sa tête. Lovée contre son cœur, Shila entendait sa voix comme dans une caisse de résonance.

— Pardon, Shila. Je n'ai pas eu l'occasion de te le dire encore avec tout ce qui s'est passé depuis hier, mais j'ai été odieux avec toi. Ne t'inquiète pas: à partir de maintenant, je prendrai bien soin de toi. Tu es une personne extraordinaire. Je m'efforcerai d'être à la hauteur. Tout ira bien. Les fantômes ne descendent pas sur Terre, pas vrai?

Comprenant que Myko faisait référence à Kimi, Shila ne répondit rien. Elle savait qu'elle ne pourrait rien dire pour atténuer la douleur de sa mort. Mais la Terre et le temps, eux, en seraient peut-être capables.

Elle s'écarta et lui sourit.

— Que dirais-tu d'aller visiter les environs, histoire de vérifier si tout est aussi lugubre sur cette horrible base?

— Tu veux rire, c'est fantastique ici!

— Tes critères sont bas, lui dit Shila, taquine, en s'engageant dans le couloir.

— Non, mais tu te rends compte? C'est la Terre! Nous sommes sur la Terre!

— C'est tellement différent de ce que je connais... Ici, tout est blanc, vide et glacial. À Terata, c'est tout le contraire.

— Tu m'y emmèneras un jour?

— Je ne suis pas certaine de vouloir y retourner. Je n'avais pas une belle vie, là-bas.

Myko hocha la tête.

— Si tu veux, j'aimerais que tu m'en parles, un jour. Je ne connais pas cette partie de toi. J'ai l'impression que depuis qu'on s'est rencontrés, je suis le seul à parler, et que tu ne fais que m'écouter.

— Je suis comme ça avec tout le monde.

— À moi, tu peux tout dire.

Shila le regarda droit dans les yeux. Elle voyait bien qu'il était sincère, mais elle craignait malgré tout sa réaction s'il devait apprendre comment elle avait vécu à Terata. Shila prenait de plus en plus conscience que ce qu'elle considérait autrefois comme bien ne l'était peut-être pas aux yeux de tous. Et elle ne voulait pas tomber en disgrâce auprès de Myko. L'avoir perdu une fois avait déjà été suffisamment difficile.

Avant de partir en exploration, Shila cogna à la porte de la chambre de ses gardes du corps, afin qu'ils les accompagnent, Myko et elle. Ceux-ci avaient refusé d'enfiler les vêtements fournis par Apikela et arboraient la traditionnelle combinaison militaire vert et noir de l'Area. Les deux hommes la saluèrent, main sur la tempe, et lui emboîtèrent le pas. Shila leur demanda de ne pas dégainer leur sabre, à moins d'un cas de force majeure. Elle se sentait en sécurité sur la base, mais savait que l'on n'est jamais trop prudent en terrain inconnu.

Le corridor dans lequel se trouvaient les chambres s'allongeait sur plusieurs dizaines de mètres. Des portes, toutes semblables à celles de leurs chambres, se suivaient sur le mur à intervalles réguliers. Ils arrivèrent bientôt à un carrefour, duquel partaient de nouvelles ailes. Shila scruta les divers couloirs: certains avaient le même aspect que celui par lequel ils étaient arrivés là, tandis que d'autres présentaient une suite de pièces ouvertes, d'où entraient et sortaient des individus vêtus de sarraus immaculés. Ils choisirent un corridor au hasard et en longèrent les murs en jetant des regards curieux dans les laboratoires. Les techniciens étaient nombreux à travailler. Shila vit des microscopes, des supports remplis de dizaines d'éprouvettes et des machines qu'elle était incapable d'identifier. Lorsqu'ils arrivèrent au croisement suivant, elle vit de nouveaux couloirs et d'autres laboratoires se succéder à l'infini.

Ils empruntèrent un corridor différent des autres, dont les longs murs ne comportaient aucune porte. Il s'enfonçait vers le centre de la base sur une bonne distance, avant de bifurquer. Sur la gauche, six pièces vitrées attirèrent l'attention de Shila. Chacune possédait une porte sur laquelle étaient vissés de petits panonceaux métalliques. Ils affichaient respectivement les noms : « Galesiki », « Kosseria », « Sikala », « Ekusi », « Palviyamë » et « Area ».

Shila murmura :

— Ce sont les noms des vaisseaux de la flotte...

— Tu es certaine que nous avons le droit d'être ici ? s'inquiéta Myko.

— Non, mais tant que personne ne nous avertit, nous pouvons présumer que oui. J'aimerais voir une minute.

Toutes les pièces étaient éclairées par des tubes fluorescents, et quelques personnes s'y activaient. Des voyants lumineux clignotaient sur ce qui ressemblait à des tableaux de contrôle. Shila s'approcha discrètement de l'une des fenêtres de la première pièce, celle du Galesiki. Elle remarqua que deux écrans diffusaient des vidéos en noir et blanc.

— Ces images proviennent de l'intérieur des cargos...

— Tu crois ?

— Oui, Myko, regarde : celui de gauche montre le sas, et celui de droite, la salle de commandement. Ce n'est pas exactement pareil à l'Area, mais assez pour qu'on puisse reconnaître les lieux.

Avant que Myko n'approuve, une femme sortit de la salle du Palviyamë, et les apostropha.

— Hé, vous là-bas, qui êtes-vous ?

Shila, pleine de sang-froid, répondit simplement :

— Nous sommes des visiteurs.

— Seuls les employés de la base ont l'autorisation d'accéder à cette aile.

— Veuillez nous excuser, j'ai bien l'impression que nous nous sommes perdus. Pouvez-vous m'indiquer le chemin pour trouver un endroit où nous pourrions manger ?

— Vous devez retourner sur vos pas et prendre le prochain corridor sur votre droite. La cafétéria est tout au bout.

— Je vous remercie. Bonne fin de journée, madame.

Shila s'inclina, imitée par Myko et les gardes du corps. Le petit groupe s'éloigna aussitôt des salles vitrées.

— Qu'est-ce que je disais : nous n'avions pas le droit d'être là, chuchota Myko.

— Désormais, nous le savons, répondit Shila à voix basse. Et ce que nous avons eu le temps de voir est très intéressant. Si tu veux mon avis, c'est de là que part le contrôle qu'exerce Apikela sur les vaisseaux.

— Les Apikéliens nous surveillaient tout ce temps avec des caméras ?

— Ils épiaient la salle de commandement et le sas, du moins.

Une pièce beaucoup plus grande que les autres s'ouvrit devant eux, au fond du passage. L'endroit exhalait des effluves de nourriture bon marché : friture, bouillon salé, pain de mie. Shila leva le nez en inspirant un bon coup.

— Ça donne faim ! On va voir ?

— C'est vrai, avec tout ça, nous avons oublié de souper. Quelle bonne idée tu as eue, Shila, de demander le chemin de la cafétéria ! Maintenant qu'on en parle, j'engloutirais bien une assiettée ou deux !

Shila et Myko, suivis de près par leurs gardes du corps, s'engagèrent dans la salle. Malgré la froideur de sa décoration et la disposition très différente de ce qu'elle avait connu sur l'Area, Shila trouva que l'endroit avait un petit air de famille avec la grande salle commune de la Zone C, qu'elle avait fréquentée plusieurs fois incognito.

Ils prirent des plateaux, sur lesquels ils empilèrent des petits pains emballés dans des sacs de cellophane, des bouteilles de jus, une assiette dans laquelle une cuisinière avait jeté une louche de ragoût, ainsi que des ustensiles. À la caisse, n'ayant pas d'argent, Shila dut expliquer qui ils étaient. Le commis les observa tous les quatre avec suspicion, mais voyant l'insigne noir et vert de l'Area cousu sur la combinaison des gardes, il abdiqua et leur permit de partir sans payer. En s'éloignant, Shila le vit du coin de l'œil noter quelques mots sur un bout de papier.

Après avoir mangé, Shila s'étira. Myko lui demanda :

— Tu es fatiguée ?

— Oui, plutôt. Je crois que je vais aller me coucher.

— Tu as raison. Les deux derniers jours ont été complètement fous. Nous avons besoin de nous reposer.

Shila ajouta :

— Je ne sais pas pourquoi, mais j'ai l'impression que tout ça n'est pas fini et que des journées bien remplies, nous allons en voir encore d'autres.

— Comme celle où nous emménagerons à Unelmyna ! s'exclama Myko avec enthousiasme.

— J'ai hâte de discuter avec le professeur Nyska à ce sujet. Je prendrai rendez-vous avec lui demain matin.

chapitre

08

Shila n'eut pas à réclamer une audience avec Arken Nyska. En matinée, Kylma vint frapper à sa porte.

— Le professeur Nyska désire s'entretenir avec vous, dame Shila. Vous êtes priée de vous présenter à son bureau cet après-midi, à 14 heures.

La pièce se trouvait dans une aile que Myko et elle n'avaient pas eu le loisir d'explorer la veille, aussi écouta-t-elle avec attention les indications de Kylma.

— Puis-je venir accompagnée?

— Je n'y vois pas d'inconvénient.

— Bien. J'y serai.

— Excellent. Au plaisir, dame Shila.

Lorsque Myko et elle se présentèrent au bureau d'Arken à l'heure convenue, ils trouvèrent la porte ouverte. Shila ordonna à ses gardes du corps de demeurer à l'extérieur. Elle frappa contre le linteau pour signaler sa présence.

— Entrez, entrez !

Arken était assis derrière sa grande table à tréteaux. Shila s'étonna des dimensions restreintes du cabinet du directeur d'Apikela. L'espace était principalement occupé par d'immenses classeurs métalliques aux tiroirs mal fermés qui montaient jusqu'au plafond. Sur le bureau, près d'un écran d'ordinateur et d'une calculatrice, de très hautes piles de papiers menaçaient de s'écrouler. Derrière Arken, deux hommes se tenaient bien droit sans dire un mot. Près de chacun d'eux, par terre, étaient posés des filets à papillons.

Sur l'invitation d'Arken, Myko parvint à trouver deux chaises dans tout ce fouillis. Shila et lui-même s'y assirent.

— Bonjour, dame Shila, dit Arken en plantant ses yeux dans les siens.

Il jeta un bref coup d'œil à Myko.

— À qui ai-je l'honneur ? demanda-t-il.

— Voici sieur Myko. Il est aussi de l'Area.

— Bonjour, professeur Nyska, dit Myko en s'inclinant.

— Enchanté, mon garçon. Alors, Shila, comment s'est déroulée votre première journée sur Terre ?

— En fait, pour moi, il ne s'agissait pas d'une première journée. Je suis née sur Terre.

Arken avança la tête, déconcerté.

— Pardon ?

— J'ai été recueillie par l'équipage de l'Area il y a près d'un an, alors que j'étais prise dans une tornade. Les quinze premières années de ma vie, je les ai passées en Ashtaka, dans la ville de Terata.

Arken était stupéfait.

— Terata ? Mais... Kylma m'a affirmé que c'était vous qui aviez réussi à capturer l'abeille de Lokimë !

— C'est exact.

— C'est impossible !

Ce fut au tour de Shila d'être surprise.

— Pourquoi donc ?

Arken s'enflamma.

— Toute mon entreprise était fondée sur le principe de génération céleste ! Tout cet argent dépensé, tous ces efforts... pour que ce soit une simple « terrestre » qui récupère l'abeille ! Ce n'est pas vrai... Ce n'est pas ainsi que ça aurait dû se produire !

Shila baissa la tête, embarrassée par l'emportement d'Arken. Depuis qu'elle avait trouvé l'abeille dans sa paume, elle n'avait pas repensé à ce qu'elle avait lu dans le journal à propos des peuples célestes. Arken avait raison : d'après la théorie, sur toute la flotte, elle était la personne la moins susceptible de capturer l'abeille. Pourtant, c'était elle que l'insecte avait choisie.

Arken se leva de son fauteuil en faisant de grands gestes de colère.

— Donc, Kismaki avait tout faux! Il va en entendre parler lorsqu'il se trouvera devant moi! Nous nous sommes trompés sur toute la ligne. Je ne peux le croire. Combien d'années aurions-nous gagnées si j'avais su... Ah! C'est trop stupide!

Il se rassit en expirant bruyamment. Shila et Myko, mal à l'aise, se regardèrent du coin de l'œil.

— Enfin, nous avons fini par l'avoir tout de même, cette fameuse abeille. Voilà le plus important.

— Pardonnez-moi, professeur Nyska, intervint Shila. J'aimerais que nous abordions immédiatement le sujet qui nous intéresse. Vous m'avez fait venir ici afin que nous discutions des modalités de transfert des Aréiens à Unelmyna, n'est-ce pas?

Arken la fixa d'un air grave.

— Non. Nous parlerons de cela une autre fois. J'ai plus urgent.

Shila fronça les sourcils.

— Mais les membres de mon équipage sont impatients de voir la ville d'or. Ils attendent ce moment depuis toujours.

— Justement, quelques jours de plus ne changeront rien.

Shila était stupéfaite de l'indifférence d'Arken, alors que l'équipage de l'Area avait si bien servi sa cause. Elle s'avança sur le bout de sa chaise.

— Combien de jours?

— Ne vous en faites pas. Je vous ferai venir à mon bureau dès que tout sera prêt. La procédure de passation d'une ville comme Unelmyna est complexe. Quelques rencontres entre les principales parties et la signature de documents officiels sont encore nécessaires. Vous comprenez, j'imagine ?

— Oui, bien sûr, dit Shila, navrée.

Myko ne paraissait pas démonté ; il haussa les épaules. Arken poursuivit.

— Je suis persuadé que vous saurez faire patienter votre équipage quelque temps encore. Je dois par ailleurs m'occuper de reloger les habitants des autres vaisseaux de la flotte dans les plus brefs délais.

— Kylma nous a affirmé qu'ils emménageraient dans la capitale, déclara Shila, qui voulait en savoir plus.

— Oui, des logements sociaux ont été réquisitionnés pour eux à Hyemalis. Mon équipe les aidera à se trouver un emploi. Ils seront conduits là-bas par avions nolisés d'ici deux ou trois semaines, si tout se déroule comme prévu. Ensuite, je pourrai m'occuper de l'équipage de l'Area.

Shila hocha la tête. En effet, deux semaines de plus ne changeraient rien, au bout du compte.

Arken ouvrit un tiroir sur sa gauche et en tira un livre, qu'il déposa devant lui sur sa table de travail. Shila reconnut à sa couverture particulière le journal de bord de Kismaki.

— Si je vous ai fait venir dans mon bureau ce matin, ce n'était pas pour parler de générations célestes ni d'Unelmyna, mais bien plutôt pour vous questionner sur l'abeille. Comme nous le disions tout à l'heure, ce serait donc vous, dame Shila, qui auriez réussi à la récupérer, une fois Lokimë mort. Pouvez-vous me décrire les événements?

— Eh bien, en fait, il m'est difficile de vous donner beaucoup de détails. J'étais inconsciente au moment où Lokimë s'est volatilisé. Lorsque je suis revenue à moi, quelques minutes plus tard, j'ai remarqué que je tenais l'abeille au creux de ma main. J'ignore comment elle a pu se retrouver là.

— Et vous l'avez mise dans le journal tout de suite après cela?

— Non. Je l'ai conservée dans ma main toute la nuit, je ne me suis pas couchée ce soir-là. Ce n'est qu'au matin que Myko et moi avons compris qu'il fallait la placer dans la cavité.

— Vous n'aviez pas lu les documents laissés par Kismaki au sujet de la procédure?

— La commandante Iloni aurait sans doute su quoi faire, mais elle est décédée en même temps que Lokimë. En tant que nouvelle commandante, avec tous les dégâts de l'accident, les blessés et l'agitation qui régnait dans le vaisseau, je n'ai pas eu le temps d'en prendre connaissance.

Arken réfléchit quelques instants.

— Et l'abeille, gardée aussi longtemps entre vos doigts, elle n'a pas tenté de s'échapper, de vous piquer?

— Non.

— Étrange... Et lorsque vous l'avez placée à l'intérieur du journal, avez-vous remarqué un phénomène particulier?

— Une paroi translucide s'est formée au-dessus de la cavité. Puis, le vaisseau s'est mis à se diriger tout seul vers ici.

— Oui, le signal émis par le journal nous a indiqué que votre mission était terminée, et nous avons enclenché la commande de retour de la flotte. Pour ce qui est de cette paroi apparue je ne sais comment, elle constitue justement mon problème.

Arken ouvrit le journal à la dernière page, là où se trouvait le caisson. L'abeille y était toujours enfermée, et lorsque Arken tendit les doigts vers la vitre qui la protégeait, elle se mit à bourdonner de fureur.

— Vous voyez? Avec moi, elle se débat comme un diable en bouteille. Impossible de briser la paroi. L'abeille est ici, sous ma main, mais inatteignable. Elle y est pour quelque chose, c'est évident. Essayez donc, pour voir. C'est vers vous qu'elle est allée lorsque son maître a disparu. Peut-être pourrez-vous la faire sortir de là.

Shila s'empara du journal ouvert et le posa sur ses genoux. Arken ordonna à ses hommes de se tenir prêts, filets en mains. Shila caressa doucement la surface blanchâtre. De l'autre côté, l'abeille agitait ses ailes, à son aise. Puis, Shila appuya un tout petit peu plus fort. La paroi s'émietta sous ses ongles, s'écoulant du journal jusqu'au sol, comme le sucre d'un sac percé. Arken poussa une exclamation. Shila fouilla la poudre fine et en retira l'abeille. Les cristaux blancs accrochés aux poils de son thorax la faisaient scintiller dans la lumière.

— Je le savais! exulta Arken en bondissant de son siège. Il existe un lien particulier entre vous et l'abeille. Je ne comprends pas en quoi il consiste, mais peu importe! Je me félicite de vous avoir fait venir ici, sur la base, dame Shila. Vous me serez très utile.

— Je suis à votre service, professeur, répondit-elle humblement.

Retrouvant la cage dans laquelle elle semblait se plaire deux jours plus tôt, celle formée par les doigts de Shila, l'abeille faisait sa toilette en toute sérénité. C'est alors que Shila crut entendre une voix, hypnotique et paralysante, murmurer tout près d'elle — ou en elle — les mots suivants :

« Dracontite est l'abeille, énergie vitale au creux de ma gorge. Lokimë j'étais. Dans l'abeille se trouve concentré tout ce qui reste du dragon-dieu. Elle est à toi désormais, Shila. Reconnais sa valeur et ne l'oublie pas. Un jour, je te dirai qui tu es. »

Shila frissonna. Elle regarda à droite et à gauche, tournant la tête en petits gestes saccadés qui témoignaient de sa perplexité. Myko et Arken la dévisagèrent.

— Ça va, Shila? s'enquit Myko.

— Oui... parfaitement. Vous avez entendu ça?

Myko fronça les sourcils, soucieux.

— Quoi donc?

— Rien, rien du tout, répondit-elle. Sans doute mon imagination. Où en étions-nous ?

C'est Arken qui prit la parole.

— Je m'apprêtais à vous présenter quelqu'un.

Shila et Myko quittèrent le bureau, suivis de leurs gardes du corps. Avant de sortir aussi, Arken s'adressa aux hommes aux filets à papillons.

— Allez chercher Kismaki, chambre 603. Rejoignez-nous à la morgue.

La morgue. C'était donc là qu'ils allaient. Shila frissonna. Pourtant, c'était logique. L'abeille de Lokimë avait donné sa vie au dragon-dieu, et elle avait le pouvoir de la rendre à quiconque se la faisait insérer dans la bouche. Par conséquent, il fallait un mort... qu'ils verraient peut-être renaître sous leurs yeux. Shila ramena l'abeille contre son cœur. Entre ses doigts, celle-ci se tenait tranquille.

La morgue était loin, dans l'aile opposée à celle où se trouvait le cabinet du professeur. Si, sur l'Area, passer d'une zone à l'autre donnait l'impression de changer d'univers tant elles étaient différentes, ici, sur la base d'Apikela, tout était pareil : gris et uniforme.

Shila et Myko suivaient Arken, qui, appuyé sur sa canne à quatre pieds, avançait lentement. Ils mirent une quinzaine de minutes pour parvenir à destination.

Quelques personnes étaient déjà sur place, leur carnet de notes à la main, l'air grave, attendant que l'impossible se produise. Arken leur fit un signe du menton, auquel ils répondirent en baissant la tête.

La pièce était pourvue d'un carrelage blanc, et un damier de petites portes en acier inoxydable, chacune marquée d'un numéro, couvrait le mur de gauche. Une civière traînait sur la droite, à côté d'un classeur qui devait rassembler les dossiers des décédés. On y avait empilé des vêtements féminins ainsi que des couvertures chauffantes. La lumière donnait mal aux yeux. Shila fronça le nez. Aux odeurs d'eau de Javel et de métal s'en ajoutait une autre, plus insidieuse, qui rappelait le poisson.

Shila pivota sur sa droite. Un peu en retrait derrière elle, Myko avait le teint livide. Il vacilla et s'appuya d'un geste maladroit contre le mur, comme pour éviter de perdre connaissance. Shila lui tendit une main, qu'il saisit. Elle se le rappela, la première fois où elle l'avait vu, dans la bibliothèque, sur l'Area. Elle regarda autour d'elle et se surprit à songer au fait que les deux pièces se ressemblaient, d'une certaine façon. Beaucoup de lumière et une solennité toute particulière. Et voilà que, tout comme dans la bibliothèque, elle sentait Myko vulnérable, prêt à défaillir.

C'est alors que les gardes envoyés chercher Kismaki entrèrent dans la pièce. L'un d'eux poussait devant lui un fauteuil roulant. Le vieillard maigre qui y était assis ne pouvait être que Kismaki. Shila eut un élan de compassion en le voyant si décrépit, elle qui, ayant lu son journal plusieurs fois, se l'était imaginé comme un homme de tout au plus quarante ans, puissant, en contrôle. Elle le salua de la tête avec un sourire, mais son geste passa inaperçu. Arken vint à lui.

— Bonjour, Kismaki. Vous avez fait un bon voyage ?

— Excellent, je vous remercie, répondit-il, les yeux brillants. Professeur Nyska, il faut que je vous répète tout le bonheur que vous m'apportez en me permettant d'être présent aujourd'hui pour le transfert de l'abeille. Je ne vous en serai jamais assez reconnaissant.

— Ce n'est rien. De toute façon, j'avais besoin de vous pour éclaircir certains détails. Nous en discuterons bientôt, si vous le voulez bien.

— Ce sera avec grand plaisir.

Le garde poussa le fauteuil de Kismaki contre le mur. Arken referma la porte et se dirigea en claudiquant vers la première rangée de cases d'acier inoxydable. À la hauteur de sa poitrine se trouvait le compartiment numéro 2. Il fit signe à Shila et Myko de s'approcher.

— Voilà, nous y sommes, déclara Arken. Une telle attente était décidément inhumaine. Maintenant, il est indispensable que cela fonctionne.

Pendant un moment, il garda le silence, sa main ridée posée sur le carré de la case.

— Alors, voici : je vous présente ma femme, Axifelle.

— Votre femme ? s'étonna Shila.

Arken acquiesça et tira d'un coup sec sur la poignée. La porte d'acier s'ouvrit sans un bruit, révélant une forme humaine allongée sur une plaque coulissante. Une vague de froid, s'échappant de l'espace réfrigéré, traversa la pièce. Shila et Myko se pressèrent un peu plus l'un contre l'autre.

Enveloppée jusqu'au cou d'un tissu médical bleuté, les cheveux enfoncés dans un bonnet du même matériau, Axifelle était couchée là. On ne voyait que son visage. Sa peau avait des teintes de lavande, de papier peint délavé par le soleil. Ses traits étaient difficiles à saisir, délayés, plastiques. Arken approcha ses doigts déformés par l'arthrite et lui caressa la joue.

Myko se détourna en retenant un haut-le-cœur.

— Quel âge a-t-elle ? demanda Shila, pour faire diversion et se donner un semblant de contenance.

— Elle devrait avoir quatre-vingts ans. Mais vu les circonstances, on peut dire qu'elle en a dix-huit.

— Et comment est-elle... morte ?

— Elle avait des ennuis de santé, un mal qu'on ne pouvait cerner à l'époque. Avant d'être son époux, j'étais son médecin. Je lui faisais subir des examens, et la machine a eu, disons, certains problèmes. Elle a été électrocutée. C'est déplorable. Je suis l'unique responsable de sa mort. Vous comprenez pourquoi j'étais prêt à faire n'importe quoi pour la ramener parmi nous, même si toute ma fortune et les meilleures années de ma vie devaient y passer. Acculé au pied du mur, même le plus terre à terre des scientifiques peut se rabattre sur un mythe de dragon et d'abeille.

Arken contempla le visage figé d'Axifelle. Shila haussa les sourcils.

— Vous l'avez cryogénisée ?

— Oui et non, expliqua Arken. Pour parler de cryogénisation, il aurait fallu que nous la placions dans un état de congélation alors qu'elle était vivante. Ce n'est qu'une fois morte, afin d'interrompre la dégénérescence des cellules et d'empêcher la putréfaction, que nous l'avons préservée au froid. De toute façon, la cryogénisation est un leurre : l'eau contenue dans les cellules, en gelant, forme des cristaux. Durant la phase de décongélation, ces cristaux abîment les cellules des organes, particulièrement celles du cerveau, et le corps ne s'en remet pas. Demander à être cryogénisé, c'est signer son arrêt de mort.

Shila réfléchit.

— Mais vous avez tout de même congelé Axifelle. D'après ce que vous venez de m'expliquer, ne risque-t-elle pas d'avoir des séquelles au cerveau ou ailleurs dans le corps ?

— Oui, c'est fort possible. Cependant, l'essentiel pour moi est de la retrouver vivante, peu importe dans quel état.

Shila fut surprise de cette affirmation. Elle jeta un regard à Myko.

— Mais si elle se trouve dans un état végétatif, si elle est inconsciente, en quoi, pour vous, sera-t-elle différente de ce qu'elle est maintenant ?

— Je vous l'ai dit : elle sera vivante, et c'est tout ce dont j'ai besoin. Par ailleurs, il n'est pas exclu que l'abeille réussisse à régler le problème de mort cérébrale. N'est-ce pas, Kismaki ? C'est vous le spécialiste.

Kismaki se redressa dans son fauteuil et hocha la tête.

— C'est tout à fait envisageable. L'abeille d'un dragon-dieu possède des facultés qui dépassent notre entende-ment. Malheureusement, celles-ci n'ont pour l'instant fait l'objet que de suppositions. Tout cela se confirmera dans les prochaines minutes.

Arken se tourna vers Shila et lança d'un ton enthousiaste :

— Alors, on y va ? C'est l'heure de réveiller les morts.

Shila resserra un peu plus sa prise sur l'insecte. Arken l'invita à s'approcher.

— Vous savez ce que vous avez à faire, maintenant ?

Elle lui lança un regard hésitant. Impatient, il haussa le ton.

— L'abeille... Il faut la mettre dans la bouche d'Axifelle !

Shila tourna la tête vers le cadavre frigorifié. Elle ne l'avait pas remarqué auparavant, mais sa bouche n'était pas complètement close. On aurait dit qu'elle s'était figée pour toujours sur la lettre « A ». Shila ne put s'empêcher de se demander s'ils avaient pensé à l'entrouvrir avant qu'elle ne soit gagnée par la rigidité cadavérique, et sinon, comment ils s'y étaient pris pour remédier à la situation.

Elle frissonna et recula d'un pas en secouant la tête. Arken s'emporta, délaissant le vouvoiement qu'il avait jusqu'alors utilisé pour s'adresser à Shila.

— Mais que fais-tu ? Allez, mets-lui dans la bouche !

— Je… je ne peux pas…

— Ce n'est pas vrai ! Allez, donne-moi cette abeille.

Arken s'avança et Shila en eut soudain peur. Aussitôt qu'il tenta de lui enlever l'abeille, celle-ci se mit à se débattre avec fureur entre les doigts de Shila. Il recula.

— C'est bon, tout doux… tout doux… Elle ne m'aime vraiment pas ! Nous n'avons pas le choix : c'est toi qui devras t'en charger, Shila. Je te rappelle que c'est toujours moi qui détiens les clés d'Unelmyna.

Shila acquiesça. Elle s'approcha avec précaution du corps, fixant le tissu du bonnet avec dédain pour éviter de voir le visage lilas d'Axifelle. Mais celui-ci l'attirait tellement qu'elle ne put faire autrement que de le contempler. Oui, elle était sans doute jolie. Ses traits avaient un je-ne-sais-quoi de familier…

C'était le moment. Shila prit une grande inspiration et avança la main. Elle posa l'abeille sur la lèvre inférieure d'Axifelle, en veillant à ne pas en toucher la peau. Elle retira ses doigts d'un geste vif, comme brûlée par le froid que dégageait le cadavre. Elle recula jusqu'à Myko, qui l'accueillit dans ses bras. Ils observèrent la suite de loin.

L'insecte agita ses ailes en deux ou trois soubresauts légers. Près de la porte fermée, un garde saisit le filet à papillons, prêt à toute éventualité. Mais l'abeille ne s'envola pas. Hésitante, elle piétina encore quelques secondes la lèvre d'Axifelle, puis, d'un mouvement très naturel, pénétra dans sa bouche.

Dans la pièce, tous retinrent leur souffle. Arken se tapotait le menton d'un geste nerveux, comme s'il craignait de voir ressurgir l'abeille à tout moment, déçue de sa nouvelle demeure et en réclamant une meilleure. Les minutes passaient.

C'est alors que la chose se produisit.

On entendit d'abord un grand sifflement, semblable à celui d'un soufflet s'emplissant d'air. Kismaki poussa un cri d'émerveillement. Le corps d'Axifelle parut s'arquer au niveau de la poitrine. Mais avec la poche de tissu médical qui l'enveloppait, personne n'en était tout à fait certain. Tout le monde dans la salle vit alors la tête remuer de droite à gauche. On aurait dit qu'Axifelle suffoquait dans son cauchemar. Elle gémit, toussota et ouvrit les yeux.

— J'ai... f... froid...

Elle avait murmuré ces paroles d'une voix rauque, en grelottant. Elle était toujours allongée sur sa couche métallique, le regard pointé vers le plafond. Le reste de son corps, engourdi, ne remuait que faiblement.

Personne ne bougea, pas même Arken. Il écrasait sa tête entre ses mains, un sourire béat aux lèvres. Il dévorait Axifelle des yeux. Shila nota que son regard n'était pas celui d'un homme devant la femme qu'il aime, mais plutôt celui d'un joaillier à qui l'on présente le plus gigantesque et pur diamant que la Terre ait forgé. Comme si Axifelle était une chose.

— Je... meurs... de froid..., répéta-t-elle.

C'est à ce moment seulement que l'on vit de nouveau du mouvement dans la pièce. Les observateurs laissèrent tomber leurs carnets pour se saisir de couvertures chauffantes qu'ils balancèrent aussitôt sur le corps tout juste tiède. Quatre ou cinq d'entre eux se détachèrent du lot, sortant des poches de leur sarrau des instruments médicaux : stéthoscopes, ophtalmoscopes, otoscopes et marteaux à réflexes. Ils se mirent à examiner Axifelle sous toutes ses coutures. Lorsqu'ils soulevèrent un peu les couvertures, firent glisser la fermeture du linceul et que le corps nu et bleuâtre s'éclaira sous la lumière agressive des tubes fluorescents, Myko et Shila détournèrent les yeux. Kismaki, laissé seul contre le mur dans sa chaise roulante, avançait le torse pour avoir un aperçu des opérations. Il ne cessait de répéter des « Prodigieux ! » « Incroyable ! » et « Encore mieux que j'imaginais ! »

Axifelle subissait son examen en claquant des dents. Fixant le plafond au-dessus d'elle, elle réussit à prononcer ces quelques mots.

— Où... suis-je ?

Arken s'approcha de la plaque coulissante autour de laquelle on s'activait. Il posa ses doigts sur ceux d'Axifelle.

— Tu es à la morgue, Axifelle.

— La... morgue ?

— Oui. Mais ne t'inquiète pas, nous prenons soin de toi. Tout va très bien.

— P... pourquoi... suis-je... ici ?

— Je t'expliquerai plus tard. Pour le moment, tu dois te reposer.

— Qui... qui êtes-vous ?

Arken sourit.

— Il est normal que tu ne me reconnaisses pas.
Beaucoup de temps a passé.

— Vous êtes... médecin?

— Oui, mais je suis plus que cela. C'est moi, Arken.
Ton mari.

— Arken?

Elle hésita quelques secondes, examinant le vieillard
qui lui tenait la main.

— A... Arken, c'est toi?

Celui-ci hocha la tête plusieurs fois en affichant un
immense sourire.

Axifelle écarquilla les yeux d'effroi. Un cri rauque jaillit
de sa gorge.

chapitre 1

Le soir tombait lorsque Shila et Myko quittèrent la morgue pour retrouver leur chambre. Assis côte à côte sur la couchette de Shila, ils gardaient le silence depuis de longues minutes déjà. Shila appuya sa tête sur l'épaule de Myko.

— Je suis incapable d'oublier le hurlement d'Axifelle, murmura-t-elle. On aurait dit qu'elle venait de voir un monstre.

— C'est normal pourtant, dit Myko. Comment réagirais-tu si tu réalisais, un jour, comme ça, en te réveillant frigorifiée dans une boîte de métal, que j'ai pris soixante ans d'un coup? Ce doit être terrible. Pauvre fille...

— Crois-tu qu'elle a compris tout ce que ça implique?

— Tu veux dire qu'elle était morte durant tout ce temps et qu'elle vient de ressusciter?

Shila hocha la tête.

— Je ne sais pas. Elle avait l'air assez confuse.

— C'est vrai.

Le silence s'installa encore. Ce fut Myko cette fois qui le brisa.

— J'ai hâte de retourner sur l'Area. Tu avais raison : elle est moche, cette base. Elle me donne froid dans le dos.

— Moi, je ne peux pas partir tant que je n'aurai pas réglé les formalités pour Unelmyna. Préfères-tu retourner sur le vaisseau en attendant ? Je peux demeurer seule ici.

— Non, c'est hors de question. Je reste avec toi. Oublie ce que j'ai dit.

Shila retint un bâillement.

— Tu es fatiguée ?

— Un peu.

Myko n'ajouta rien. Shila, le sentant tendu, releva la tête vers lui.

— Tu veux dormir ici, avec moi ?

Myko rougit.

— Je... je peux ?

Shila acquiesça.

— Moi non plus, je n'ai pas envie d'être seule, cette nuit.

***

Le lendemain matin, Arken se présenta à l'infirmerie de la base pour y visiter Axifelle. L'abeille avait eu sur celle-ci un effet extraordinaire. D'une part, elle lui avait épargné une mort cérébrale qui aurait dû être inévitable, à cause de la congélation. D'autre part, Axifelle se remettait à une vitesse phénoménale des brûlures internes causées par l'accident dans le Silmää, soixante ans plus tôt. Les médecins étaient ébahis. Prévoyant le pire, ils avaient préparé un respirateur artificiel et un stimulateur cardiaque, mais seul un cathéter fut nécessaire, pour la nourrir par perfusion. Cela l'aiderait à reprendre des forces.

Arken entra dans la chambre d'Axifelle. La jeune fille était assoupie, mais le bruit de la canne quadripode sur le sol la réveilla. Le reconnaissant, elle sursauta dans son lit.

— Bonjour, Axifelle, susurra Arken en s'asseyant sur une chaise destinée aux visiteurs, près du lit. Comment te portes-tu, aujourd'hui ?

Axifelle ne répondit rien. Elle toisa Arken, sa couverture remontée jusqu'au menton.

— Je comprends ta réaction, tu sais. Avec tout ce qui t'arrive, il est normal que tu sois bouleversée. Tu étais très confuse hier, à ton réveil. As-tu bien compris ce que je t'ai expliqué ?

— Oui, je crois... bien que je sois incapable de concevoir que j'aie été morte durant soixante ans...

— Ce qui est étonnant, c'est surtout que tu sois aujourd'hui vivante ! J'ai travaillé fort pour cela. N'es-tu pas heureuse ?

— Je ne sais pas, avoua Axifelle.

— Écoute, je t'accorde quelques jours pour te ressaisir. Après cela, j'espère que tu te montreras coopérative. Tu me dois la vie, après tout.

Axifelle haussa les sourcils.

— Que voulez-vous dire par « coopérative » ?

Arken fit la moue en secouant la tête.

— Arrête avec ce « vous ». Tu es ma femme, tu peux me tutoyer.

Axifelle baissa les yeux, mais ne put réprimer sa moue.

— J'aimerais que nous reprenions là où nous nous étions arrêtés, dit Arken.

— Je ne comprends pas...

— Tu ne te rappelles pas ?

— Mes souvenirs d'avant sont embrouillés... C'est comme s'il m'en manquait des bouts...

— Ça a toujours été comme ça, Axifelle. Le syndrome cause chez toi de graves troubles de concentration.

— De concentration... répéta-t-elle.

Soudain, elle ouvrit grand les yeux et se redressa sur sa couche. Elle saisit le bras d'Arken, l'air stupéfait.

— Mes problèmes de concentration ! Ils ont disparu !

Arken tendit l'oreille comme s'il n'avait pas bien entendu.

— Quoi ?

— Je comprends tout ce que tu me dis! continua Axifelle, rayonnante. Je me souviens de chacun des gestes des médecins autour de moi. Je suis consciente de tout ce qui m'arrive, un peu trop à mon goût même. Je n'ai plus de visions qui accaparent mon attention, ni de migraines. Je n'ai plus de troubles de concentration... Je suis guérie!

Arken perdit d'un seul coup son sourire. Ses lèvres se pincèrent, et ses narines se dilatèrent comme s'il cherchait sa respiration. Il fixa Axifelle, et celle-ci, remarquant la colère dans ses yeux, se tassa dans son lit.

— Est-ce mal que mes problèmes se soient évaporés?

Il ne répondit pas et Axifelle poursuivit.

— Je ne vais pas encore... mourir?

Arken se leva de son fauteuil, puis se dirigea vers la porte de la chambre. Il l'ouvrit et héla un garde. Sa voix gronda dans le couloir. L'homme pénétra dans la pièce, et Arken referma la porte derrière lui.

— Aide-moi à l'immobiliser.

— Que fais-tu, Arken? demanda Axifelle, effrayée par le changement soudain qui s'était opéré en lui.

— Tais-toi, répondit-il sur un ton agressif.

Arken tira les couvertures au pied du lit d'un geste maladroit. Puis, le garde l'aida à grimper sur la couchette. Axifelle ouvrit la bouche pour protester, mais le garde plaqua sa main sur ses lèvres. Elle lui lança un regard terrorisé. Arken s'allongea sur le corps encore gourd d'Axifelle. Elle détourna la tête en fermant les yeux. Il resta quelques secondes ainsi, sans bouger. Puis, il poussa un juron.

— Ce n'est pas vrai! s'exclama-t-il ensuite, furieux. Elle n'est plus fonctionnelle!

Il s'appuya en tremblant sur son homme de main, pour glisser jusqu'à terre. Le garde lui tendit sa canne et Arken le renvoya. Il s'assit sur la chaise et prit sa tête entre ses mains en maugréant.

— Tout ça pour rien... Pour rien...

Recroquevillée dans un coin du lit, Axifelle n'osait parler. Quelques minutes s'écoulèrent, puis Arken se leva.

— Je vais tout de même te soumettre à quelques tests. Ce n'est peut-être que passager. Et dans le cas contraire, si ma vieille théorie venait à se vérifier, il resterait encore un moyen de t'utiliser.

Axifelle se taisait toujours. Ses yeux remplis d'horreur fixaient Arken.

— Je t'envoie des techniciens pour des prises de sang.

Puis, sans la saluer, il quitta la pièce, sa canne ponctuant sa marche de petits coups sur le sol. C'est seulement une fois qu'il fut parti qu'Axifelle se permit d'ouvrir la bouche. Elle chuchota, pour elle-même :

— Maintenant, ça me revient... Je me souviens de ce que tu m'as fait, Arken.

Une semaine s'écoula. Myko en profita pour se familiariser avec les motoneiges, pour lesquelles il se découvrit une passion. Seul ou avec Shila, il prenait un immense plaisir à conduire ces engins dans la plaine glacée.

Il était fasciné par l'architecture naturelle de l'Arctique. Des formes blanches moutonnaient par-ci, par-là, tranquilles et immuables. Par moments, elles faisaient penser à des statues de pierre. Mais dès que Myko s'en approchait, il les voyait telles qu'elles étaient : friables comme des meringues.

Les dunes cristallisées se succédaient et la glace se déformait le long du chemin. Une pancarte rouge vif, à moitié dissimulée par la neige, avertit Myko d'un danger. Il appuya sur les freins d'un geste brusque, et l'arrière-train du véhicule dérapa sur la droite avant de s'immobiliser.

Myko descendit de la motoneige et fit quelques pas. Un peu plus loin, droit devant lui, il n'y avait plus rien. Une grande déchirure ouvrait la plaine sur des kilomètres. La rive, de l'autre côté, était inaccessible. Myko jeta un coup d'œil dans le trou : il y vit quelques colonnes de glace effilées qui s'y dressaient, mais il ne semblait pas y avoir de fond. Les parois du précipice, en s'enfonçant plus bas, s'illuminaient, comme électrifiées, d'un blanc bleuâtre.

Il demeura encore longtemps suspendu au-dessus de cet espace vide, au pourtour de dentelle. Lorsqu'il se décida enfin à rebrousser chemin, il était transi.

***

À quelques reprises, ses randonnées de motoneige l'avaient conduit sur l'Area, où il avait visité son père, ainsi que son cousin Eksila. Celui-ci se trouvait toujours alité à l'infirmerie. Les blessures qu'il avait subies quelques jours auparavant quand Lokimë s'était posé sur le toit du vaisseau prendraient du temps à guérir. En plus d'avoir la jambe réduite en miettes, il devrait apprendre à composer avec les séquelles d'un traumatisme crânien.

Lorsque Myko était revenu voir Eksila pour la première fois depuis l'atterrissage de l'Area, il avait été soulagé de constater que celui-ci avait repris connaissance.

— Bon... jour... My... ko..., prononça le petit.

Sa jambe plâtrée était suspendue à un crochet qui descendait du plafond.

— Je suis si content de te trouver réveillé ! s'exclama Myko. Tu vas bien ?

— Pas... mal.

Le père d'Eksila, Heiki, était assis près du lit, sur une chaise qu'il ne semblait pas quitter souvent. Il avait les yeux creusés et une barbe de plusieurs jours noircissait ses joues.

— C'est un vrai combattant, notre Eksila, dit-il en souriant. Il a quelques difficultés de langage et de petites pertes de mémoire, il paraît que c'est fréquent après un traumatisme à la tête. Nous sommes chanceux que ce ne soit rien de pire.

— Ça peut durer longtemps? demanda Myko.

— Nous ne le savons pas.

Myko s'installa à son tour près de la couchette. Eksila devint maussade.

— Je vais... être... en... core... plus... nul... à l'é... cole.

— Ce n'est pas important, ça, Eksila. Pour le moment, ne pense qu'à guérir.

Heiki soupira.

— Déjà qu'il avait un déficit d'attention... Mais nous allons travailler très fort ensemble, mon grand. Ne t'inquiète pas.

— Ou... oui.

— J'étais pareil, à ton âge, avoua Myko. C'est difficile d'être attentif à l'école. Je suis comme toi, je préfère bouger. C'est de famille, on dirait.

Il posa sa main sur l'épaule d'Eksila. Celui-ci voulut acquiescer, mais sembla soudainement encore plus confus.

— Je... je... je...

— Prends ton temps, Eksila, l'encouragea Myko. Nous ne sommes pas pressés.

— Je... suis... co... comme... Ki... Ki... mi...

Heiki baissa la tête, écrasé par un poids invisible. Myko se mordit la lèvre en silence. Kimi lui manquait tellement.

— C'est vrai. Kimi aussi préférait qu'il y ait de l'action. J'aurais aimé qu'il voie tout ça avec nous... la Terre. Ce n'est pas juste.

Mais il se reprit et sourit.

— Lorsque tu seras guéri, Eksila, je t'emmènerai faire un tour de motoneige. Tu verras, il y a plein d'endroits fascinants à explorer! J'ai même trouvé un gouffre de glace dont on ne voit pas le fond!

Eksila se redressa sur sa couche, le regard brillant.

— C'est... v... vrai...?

Myko acquiesça. Oui, Eksila ressemblait beaucoup à Kimi.

***

Cela faisait plus d'une semaine que les Aréiens étaient arrivés sur Terre. Sur la base, Shila s'impatientait: elle n'en pouvait plus d'attendre qu'Arken la fasse venir pour lui annoncer qu'Unelmyna était prête à les recevoir. Et à cause de l'épisode de la morgue, où il lui avait rappelé qu'il détenait toujours les droits sur la ville d'or, elle ne savait plus trop que penser de lui. Le matin de leur dixième jour en terre tuulienne, Shila décida de se rendre au bureau d'Arken pour s'enquérir de l'état de la situation. Myko était sorti faire une balade en motoneige. Elle y alla donc seule. Accompagnée de ses gardes du corps, elle prit l'aile opposée à celle où se trouvaient les chambres et se dirigea vers le cabinet d'Arken. Elle cogna trois coups secs contre la porte.

— Oui, entrez !

Shila et ses gardes aréiens obéirent. Arken invita Shila à s'asseoir. Devant lui étaient étalées de grandes feuilles sur lesquelles se dessinaient des formes géométriques colorées, reliées entre elles. Shila y jeta un œil. Un segment en particulier avait été encadré au crayon. Avant qu'Arken ne retourne la feuille face contre le bureau, Shila put lire l'en-tête : « Schéma d'ADN – Axifelle Valtari-Nyska. » Elle examina Arken : il semblait préoccupé, voire fâché.

— Bonjour, professeur.

— Que puis-je faire pour vous, dame Shila ? Dépêchez-vous, j'ai beaucoup de travail.

— C'est à propos d'Unelmyna.

— Ah oui, bien sûr...

Mais il n'ajouta plus rien et se mit à appuyer sur les touches de son ordinateur. Shila laissa passer un moment, croyant qu'Arken poursuivrait, mais il semblait déjà avoir oublié sa présence.

— Professeur ?

— Hmm ?

— Donc... ?

Arken fit rouler sa chaise loin de son écran et plongea son regard dans celui de Shila.

— J'ai encore des dispositions à prendre.

— La ville n'est pas prête à nous accueillir?

— Ce n'est pas exactement ça.

— On n'en a pas encore terminé la construction?

— Oui et non...

— Vous manquez d'argent pour la payer?

Bombardé de questions, Arken explosa.

— Je n'ai jamais eu assez de fonds pour ériger cette stupide ville!

— Que voulez-vous dire?

Arken pencha la tête de côté, l'air désormais pensif.

— Une ville d'or et de palladium où l'équipage du cargo qui saurait me rapporter l'abeille de Lokimë pourrait s'établir... Un endroit fabuleux, digne des légendes, où tous les membres de l'équipage seraient traités comme des rois... Une cité entièrement construite de métaux précieux, d'or, d'argent, et brillant de mille feux... Ça vous a fait rêver, pas vrai?

— Qu'est-ce que cela signifie, professeur?

Il lui sourit. Shila le questionna de nouveau.

— Unelmyna... où se trouve-t-elle?

Arken plaça ses mains devant lui, paumes à plat sur la table, doigts écartés. Il les observa un instant, avant de relever la tête vers Shila.

— Vous n'avez toujours pas compris ? Unelmyna n'existe pas.

Les yeux et la bouche de Shila s'arrondirent. Elle chercha l'air autour d'elle, suffoquant. Elle entendit ses gardes du corps grogner derrière elle.

— Ou plutôt, elle n'existe pas comme vous l'imaginez, précisa Arken. Disons qu'il s'agit plutôt d'un quartier pauvre d'Hyemalis.

— Pardon ?

— Bah, vous vous en remettrez.

— Mais... vous nous avez menti ?

— On peut dire ça.

— Comment avez-vous pu ?

— Pendant soixante ans, j'ai emprisonné des milliers d'êtres humains sur les vaisseaux de la flotte. Il fallait bien que j'invente une récompense susceptible de les intéresser suffisamment pour qu'ils me la trouvent, cette abeille.

— Vous... vous êtes abominable !

— On reste poli, je vous prie.

Shila se leva d'un bond et se pencha vers lui.

— Quand comptiez-vous nous l'avouer ?

— Le plus tard possible. Mais vous vous êtes montrée très insistante.

— Et maintenant, qu'allez-vous faire de nous?

— La même chose qu'avec l'équipage des autres vaisseaux. Vous caser dans des logements sociaux dans la capitale.

— Et... c'est tout?

— C'est bien assez.

Shila vint se planter devant lui, mains sur les hanches, les yeux brûlants de colère. Hors d'elle, elle gronda:

— Lorsqu'ils l'apprendront, les Aréiens seront fous de rage. Ils se révolteront.

— Si j'ai embauché autant de gardes, c'est justement pour prévenir ce genre de réaction. Par ailleurs, je détiens toujours le contrôle à distance sur les vaisseaux. Et maintenant que j'ai l'abeille, je n'ai plus à me préoccuper de ce que vous m'obéissiez ou non. Je n'ai plus besoin de vous, vous comprenez ce que ça signifie? L'Area était une prison, mais c'était aussi un gage de sécurité. Aussi bien le dire clairement: vous êtes à ma merci.

Shila serra les poings.

— Vous pouvez sortir maintenant. Et je vous souhaite bien de la chance pour apprendre la bonne nouvelle à votre équipage. Ils vont être contents de ce que leur commandante a su négocier.

Il ne lui accorda plus la moindre attention et se mit à pianoter sur son clavier. Shila fulminait. Elle se jeta sur l'écran de l'ordinateur, le saisit à pleines mains et le balança sur le sol. La boîte explosa sur le béton avec un fracas extraordinaire et laissa jaillir quelques flammèches orangées. Des fils électriques qui reliaient encore l'écran au boîtier prirent feu. Arken les arracha d'un coup sec avant que les flammes ne remontent dévorer le processeur. Deux gardes apikéliens qui patrouillaient dans le couloir, alertés par la déflagration, se précipitèrent dans la pièce. Ils se saisirent de Shila et de ses gardes du corps et pointèrent sur eux un étrange instrument. C'était l'arme officielle des gardes de la base : une sorte de matraque électrique dont la décharge était capable de brûler la chair de son adversaire, ou encore, si le contact se prolongeait, de le tuer. Les Apikéliens appuyèrent sur un bouton, et des éclairs bleus se mirent à courir sur le bâton.

Arken toisa Shila d'un air sévère.

— On se sent mieux, maintenant qu'on s'est défoulée ?

Shila et lui s'affrontèrent du regard.

— Sors de mon bureau immédiatement, lui ordonna Arken. Et je te donne une heure pour quitter la base.

— Ne vous inquiétez pas, je ne voudrais pas rester ici une minute de plus. Et sachez que vous ne vous en tirerez pas à si bon compte. Les Aréiens sont des battants.

Tandis que Shila et ses soldats se faisaient escorter vers le couloir par les gardes apikéliens, Arken sourit et leur dit :

— Rappelez-vous : vous êtes tous à ma merci. L'Area est sous mon contrôle.

Shila pénétra dans sa chambre et claqua la porte derrière elle. Myko, qui rentrait tout juste de sa promenade, sursauta.

— Shila, ça va?

— Il nous a trompés.

— Qui ça?

— Nyska.

Myko se leva et s'approcha de Shila, inquiet. Elle évita de croiser son regard.

— De quoi parles-tu?

— Unelmyna... n'existe pas.

— Quoi?

— Nyska nous a menti.

Myko était sidéré.

— Va chercher tes affaires. Ne prends que l'essentiel. Les gardes sont déjà avertis.

— Je... je ne comprends pas...

— Nous partons d'ici.

Décontenancé, Myko hésita. Shila se tourna vers lui.

— Tout de suite !

— O... oui !

Il quitta la pièce en courant. Shila ouvrit le placard et regarda ses robes vertes ; elles n'étaient pas indispensables. Elle chaussa ses bottes fourrées et enfila son parka matelassé. Elle fixait son sabre et son poignard à sa ceinture lorsque Myko revint, un petit paquet entre les bras. Les deux soldats aréiens l'encadraient.

— Nous sommes prêts, commandante, déclarèrent-ils.

— Bien. Allons-y.

— Nous retournons sur l'Area ?

— Oui. Mais avant, nous avons une dernière tâche à accomplir. Tu n'auras rien à faire, Myko, sauf nous suivre et éviter de te mettre en danger. Tu as compris ?

— Oui..., balbutia-t-il, l'air soucieux. Quel est ton plan ?

Shila jeta un regard entendu à ses gardes.

— Nous allons enlever Axifelle.

— Vous allez... quoi ?

— Tout se passera bien. J'ai l'habitude de ce genre de mission, et nos militaires sont formés en conséquence.

Shila quitta la chambre et se dirigea vers le cœur de la base. Les gardes lui emboîtèrent le pas, marchant en cadence. Myko accourut auprès d'eux : il paraissait paniqué.

— Tu ne peux pas faire ça, Shila ! C'est de la folie !

— Il me faut ravir à Nyska ce à quoi il tient le plus si je veux espérer gagner contre lui, répliqua-t-elle d'une voix neutre. Ne t'inquiète pas pour moi.

— Regagnons simplement l'Area, s'il te plaît... Tout cela est bien trop dangereux...

— Je te l'ai dit : j'en ai l'habitude. J'ai déjà commis bien pire.

Myko s'arrêta.

— Comme quoi ?

— Un jour ou l'autre, soupira Shila, il faudra bien que je te dise qui je suis vraiment, Myko.

— Eh bien, vas-y maintenant. Je t'écoute.

Shila détourna la tête et reprit sa marche.

— Nous n'avons pas le temps.

Myko la retint par le bras, l'obligeant à s'arrêter. Il eut du mal à trouver son regard.

— Je ne te reconnais plus, Shila... Où est la fille dont je suis tombé amoureux?

— Ah, Myko..., murmura-t-elle, troublée. Il y a un tel fossé entre la Shila que tu crois connaître et celle que je suis vraiment...

— Explique-moi. Tu n'as pas à avoir peur.

Shila fixa l'extrémité du couloir, au loin. Elle toucha du bout des doigts la poignée de son sabre, qui dépassait de sa ceinture. Les gardes, quelques pas derrière eux, attendaient sagement, les mains croisées dans le dos. Shila soupira.

— Je suis un assassin, Myko. À Terata, on m'employait comme mercenaire. Je devais menacer ou éliminer les ennemis de mon maître.

— Tu... tu as tué des gens?

— Oui. Plusieurs.

— Mais tu as arrêté depuis que tu es avec nous sur l'Area, n'est-ce pas?

— C'est moi qui ai assassiné Valer.

Myko ouvrit la bouche, mais aucun son n'en sortit.

— Et c'est moi qui ai saboté le lentok dans lequel tu t'étais caché, poursuivit Shila. Tu ne sais pas ce que c'est que de tuer quelqu'un. Tu en aurais été incapable. Je n'ai voulu que te protéger. Je t'en prie, ne m'en veux pas.

Sans oser regarder Myko, Shila fit un signe de la main aux gardes aréiens.

— Allons-y maintenant. J'espère trouver Axifelle à l'infirmerie.

Lorsqu'elle rencontra le premier carrefour, Shila jeta un coup d'œil par-dessus son épaule : à quelques mètres derrière, Myko les suivait toujours.

En arrivant aux abords de l'infirmerie, Shila ordonna à ses hommes de l'imiter et de demeurer à couvert derrière un pan de mur. Elle s'avança furtivement et vit que deux gardes apikéliens étaient postés près de la porte à double battant.

« Si le professeur fait surveiller l'entrée de l'infirmerie, c'est sans aucun doute qu'Axifelle s'y trouve toujours, songea-t-elle. Parfait. »

Elle fit un signe du menton à l'un de ses gardes du corps, qui s'avança vers la porte, la démarche assurée. Les hommes d'Apikela tournèrent la tête vers lui d'un même mouvement et l'examinèrent d'un œil suspicieux.

— Qui êtes-vous ?

— Bonjour, messieurs. Je fais partie de l'escorte militaire de dame Shila. Elle m'a fait demander à sa chambre. Puis-je entrer ?

— Elle est hospitalisée?

L'Apikélien qui venait de le questionner semblait sceptique.

— Oui. Pour une bronchite.

— Attendez un moment, je vais m'informer.

Avant qu'il n'ait fait un geste pour pousser le battant, une silhouette se plaqua dans son dos et glissa son sabre sous sa gorge. C'était Shila. Le deuxième soldat aréien fit de même avec l'autre garde ennemi. Les Apikéliens étaient maîtrisés.

— Un mot, un son, souffla Shila à l'oreille de sa victime, et vous êtes morts tous les deux. Compris?

Le garde fixait Shila avec des yeux terrifiés. Il acquiesça. Elle se tourna vers le soldat aréien qui avait servi d'appât.

— Bâillonnez-les et attachez-leur les mains. Nous allons les cacher dans une autre pièce.

Shila garda son sabre pointé sur son otage jusqu'à ce que celui-ci soit ligoté. Elle entrouvrit la première porte qu'elle trouva. Par l'interstice, elle vit des infirmiers et des médecins qui discutaient en mangeant des fruits et des noix autour d'une table. Elle referma la porte sans bruit et ouvrit la suivante: c'était un placard à balais et à produits nettoyants.

— Ça, c'est mieux, dit-elle au garde apikélien. Entrez là-dedans.

Elle le poussa à l'intérieur et le fit asseoir sur le plancher de ciment. Elle le menaça de sa lame.

— Placez-vous face au mur.

Dès qu'il lui eut tourné le dos, Shila fit pivoter son sabre dans sa main, et, d'un coup de poignée sur la tempe, elle l'assomma. Il s'affaissa sur le sol. Shila le poussa sous une tablette. Elle s'apprêtait à rejoindre ses hommes lorsqu'elle entendit du bruit dans le corridor, une sorte de grésillement. Elle sortit du placard. Elle vit tout d'abord qu'un corps vêtu de l'uniforme de l'Area gisait en plein milieu du couloir. Ses vêtements étaient noircis. À quelques pas de là, son garde du corps affrontait l'Apikélien, qu'il n'avait réussi qu'à bâillonner. Sabre contre matraque électrique, ils se tenaient en respect, mais aucun n'osait attaquer l'autre. Shila accourut auprès d'eux. L'Apikélien tourna la tête vers elle, et le soldat aréien profita de la diversion pour lui balancer son pied dans les tibias. Le garde tomba sur le sol et sa matraque glissa de sa main. Shila bondit sur son dos pour l'immobiliser.

— On se calme !

Elle lui coinça les poignets dans le dos, puis, se tournant vers le soldat valide, dit :

— Donnez-moi la corde.

Celui-ci la lui lança, avant de se pencher au-dessus de son compagnon, toujours inanimé. Tandis qu'elle ficelait son adversaire solidement, Shila vit du coin de l'œil le soldat retourner le corps de son collègue et reculer d'un pas. De sa bouche ouverte s'échappait un filet de fumée, et de ses yeux et oreilles coulait du sang.

— Il est mort, dame Shila.

— Cachez-le dans le placard avec les autres, répondit-elle au soldat.

Puis, d'un coup de poing, elle fit ricocher la tête du garde apikélien contre le sol. Celui-ci cessa aussitôt de s'agiter.

— Myko ! appela Shila.

Une tête apparut là où le couloir bifurquait.

— Viens m'aider ! Il faut nous en débarrasser avant que quelqu'un arrive.

Shila empoigna les pieds du garde et Myko, ses bras. En quelques secondes, le cadavre du soldat aréien ainsi que les deux corps inconscients se retrouvèrent dans le placard.

Shila prit les deux matraques électriques et en confia une à son garde du corps. Elle essuya une flaque de sang par terre. Dans le couloir, il ne restait aucune trace de l'altercation.

— Allez-y, ordonna Shila à son garde du corps.

Celui-ci poussa les battants de l'entrée de l'infirmerie, et Shila et Myko se plaquèrent contre le mur, pour écouter.

— Que puis-je faire pour vous, monsieur ? demanda l'infirmière en service.

— Bonjour, madame... Je suis en visite sur la base, et depuis deux jours, j'ai des crampes abdominales terribles. Vous pensez que ça peut être mon appendice ?

Shila l'entendit gémir, comme pour appuyer ses dires.

— Il faudrait vous examiner pour le savoir. Venez avec moi, je vais vous conduire à une chambre.

On entendit leurs pas s'éloigner. Shila fit signe à Myko de la suivre dans l'infirmerie. Elle contourna le comptoir de réception déserté et entreprit de fouiller les dossiers des patients actuellement hospitalisés. Ils étaient rassemblés dans une corbeille de plastique placée à la gauche de l'ordinateur. Shila consulta les fiches, jusqu'à ce qu'elle trouve celle d'Axifelle.

— La voilà !

Elle lut à mi-voix : « Axifelle Valtari-Nyska, numéro de patient : V-576, chambre 41. »

Soudain, Shila figea : quelqu'un approchait. Le soldat aréien revenait, seul.

— Nous sommes débarrassés d'elle, dit-il.

— Vous avez vu d'autres infirmiers ou médecins ?

— Non.

— Des gardes devant l'une des portes ?

— Non plus.

— Soyons tout de même prudents.

Ils s'engagèrent dans l'aile de l'infirmerie d'où était revenu le soldat. Shila serra la poignée de son sabre, glissé dans sa ceinture, prête à toute éventualité. Comme l'avait affirmé le garde du corps, aucune surveillance n'était exercée devant la chambre 41. Elle poussa la porte, et tous trois franchirent le seuil en un éclair. Axifelle, couchée dans son lit mais réveillée, écarquilla les yeux de surprise. Avant qu'elle ne crie, Shila bondit près d'elle et lui appliqua la main sur la bouche. Elle plongea son regard dans le sien.

— Je suis Shila, commandante de l'Area. C'est moi qui ai capturé l'abeille qui vous a redonné la vie. Pour des raisons qui vous sont extérieures, je me vois dans l'obligation de vous amener à bord de notre vaisseau. Aucun mal ne vous sera fait si vous coopérez. Je retire ma main. Si vous hurlez, je vous tranche la gorge. Je me fais bien comprendre?

Shila sortit un poignard de ses doigts libres et l'agita devant Axifelle qui hocha la tête. Shila retira sa main. Elle regarda derrière elle: son garde du corps faisait le guet, scrutant le couloir par la mince fente que faisait la porte entrouverte. Myko, lui, attendait, appuyé contre le mur avec son paquet, l'air désemparé. Elle se tourna à nouveau vers Axifelle.

— Vous promettez de m'obéir sans faire de problèmes?

— Pour tout vous dire, déclara Axifelle, la mine sombre, je rêve de quitter cet endroit et d'échapper à Arken. Ce sera avec plaisir que je vous suivrai où vous voudrez bien m'emmener.

— Je suis heureuse de voir que nos visions s'accordent. Vous pouvez marcher?

— Oui.

— Myko, donne-moi ton baluchon.

Il le lui lança. Shila fouilla dedans et en tira quelques vêtements chauds, qu'elle tendit à Axifelle. Myko et le soldat détournèrent les yeux tandis qu'elle se changeait.

— Glissez vos cheveux dans votre col et cachez du mieux que vous le pourrez votre visage avec ce bonnet de laine et cette écharpe. Il ne faut pas qu'on vous reconnaisse.

Axifelle s'exécuta en silence. Une fois que ce fut fait, le soldat ouvrit la porte.

— La voie est libre.

— Bien, dit Shila. Allons-y!

Ils sortirent de la chambre et traversèrent le couloir rapidement. Derrière l'une des portes, ils entendirent des bruits, des gémissements. Ils pressèrent le pas, repassèrent devant le comptoir d'accueil vide et quittèrent l'infirmerie.

Une fois à l'extérieur, Shila se tourna vers Myko.

— Tu as un meilleur sens de l'orientation que moi, reconnut-elle. À partir d'ici, quel est le chemin le plus rapide pour rejoindre la sortie?

— Par ici.

En adoptant l'attitude la plus nonchalante possible, Shila, Myko, Axifelle et le garde parcoururent les corridors afin d'accéder au grand hall d'entrée de la base. Ils croisèrent sur leur route des scientifiques, reconnaissables à leur sarrau, qui ne leur accordèrent pas la moindre attention, mais également quelques gardes apikéliens, que Shila salua d'un geste poli pour endormir leur méfiance. Axifelle avait enfoncé son bonnet jusqu'aux yeux, afin qu'on ne reconnaisse pas ses traits, et remonté le foulard sur sa bouche. L'heure qu'avait accordée Arken à Shila pour quitter la base n'était pas encore écoulée, et celle-ci conclut qu'il ne lancerait probablement personne à ses trousses dans l'immédiat.

Lorsqu'ils débouchèrent enfin dans le hall, une mauvaise surprise les attendait : Kylma et une dizaine de gardes apikéliens, matraque à la main, leur barraient le chemin. Shila reconnut parmi eux celui à qui elle avait cassé la figure devant les portes de l'infirmerie. Elle repoussa Myko et Axifelle derrière elle. Son garde du corps tira son sabre de son fourreau lorsqu'il vit Kylma s'avancer d'un pas.

— Alors, dame Shila, on fait une sortie remarquée ? D'abord, vous brisez tout dans le bureau du professeur et ensuite, vous vous attaquez à mes hommes... Mais à ce que j'ai pu voir, un de vos soldats a eu la chance, avant de mourir, de goûter à nos matraques électriques. Quel dommage, vraiment.

— Je regrette mon emportement, s'excusa Shila. La perte d'un des membres de mon équipage me paraît une punition bien suffisante pour mes excès. Comme nous l'a ordonné le professeur Nyska, nous quittions la base. Si vous voulez bien nous laisser passer...

— Je crains que la situation n'ait changé depuis tout à l'heure. Après avoir vu de quelle façon vous avez saccagé la base, le professeur désire plutôt vous garder ici, sous surveillance. Il est peut-être préférable au fond que les Aréiens ne sachent pas la vérité au sujet d'Unelmyna. Du moins, pas tout de suite.

Shila se renfrogna. Elle tourna la tête vers Axifelle ; Kylma et ses gardes ne semblaient toujours pas l'avoir reconnue. Celui-ci sourit.

— Bonjour, Axifelle. Vous croyiez peut-être déjouer notre vigilance avec cet accoutrement ridicule ?

Shila sursauta. Axifelle recula d'un pas.

— Voilà l'élément qui aggrave le plus votre cas, Shila, poursuivit Kylma. On appelle cela de la haute trahison.

— Et vous, vous pensez peut-être que vous ne nous avez pas trahis ? riposta-t-elle.

Il ignora la remarque.

— Veuillez relâcher Axifelle immédiatement. Et rendez-vous.

— Laissez-nous partir ou nous nous verrons dans l'obligation de dégainer nos armes, menaça Shila.

Kylma éclata de rire.

— Vous croyez vraiment pouvoir nous battre ? Nous sommes dix contre trois. Ce n'est pas sérieux. Gardes, à l'atta...

Shila se glissa alors derrière Axifelle et plaqua son poignard contre sa jugulaire.

— Un geste contre nous et elle est morte ! déclara-t-elle d'une voix assez forte pour être entendue de tous. Je sais à quel point Nyska tient à elle. Je n'hésiterai pas à la tuer !

Les Apikéliens abaissèrent leurs armes et se tournèrent vers Kylma, qui serra les mâchoires, indécis. Pendant qu'il tergiversait, Shila et ses compagnons reculèrent vers la sortie. Axifelle, très calme, se prêtait au jeu sans résister.

— Je ne peux pas les laisser partir, le professeur sera fou de rage! siffla Kylma entre ses dents en faisant un signe aux gardes apikéliens. Saisissez-vous d'eux! Qu'il n'arrive rien de fâcheux à Axifelle!

Aussitôt, le groupe d'Apikéliens se rua sur eux. Shila repoussa Axifelle derrière elle en criant à Myko:

— Prends-la avec toi sur une motoneige et emmène-la jusqu'à l'Area! Nous essaierons de les retenir le plus longtemps possible!

— D'accord!

Les Apikéliens furent surpris de voir Shila et son garde du corps actionner une matraque électrique, alors qu'ils fondaient sur eux. Shila faisait tournoyer son sabre d'une main pour bloquer leurs coups, et de l'autre, elle attaquait de la matraque. Ses ennemis s'écroulaient avec des soubresauts, électrocutés. Les éclairs bleus jaillissaient de tous côtés, teintant la scène d'une lueur surnaturelle. Elle entendit un cri sur sa gauche. Son garde du corps s'effondra près d'elle, et ceux qu'il avait jusqu'alors réussi à maintenir à distance s'ajoutèrent aux autres qu'elle affrontait déjà. Elle reculait de plus en plus vers la sortie; elle voulait à tout prix éviter que ses ennemis l'atteignent et poursuivent Myko et Axifelle. Mais elle ne tiendrait plus longtemps. Elle ne réussissait plus à mettre les gardes hors d'état de combattre. Tout ce qu'elle parvenait encore à faire était de bloquer leurs attaques, et avec de moins en moins d'aplomb.

Soudain, une brûlure lui déchira le bras, et une décharge la secoua. Elle hurla et lâcha son sabre. Elle était acculée au pied du mur.

— Achevez-la! ordonna Kylma, retiré derrière ses hommes. Il faut rattraper Axifelle!

Un étrange silence se fit dans le hall. Shila crut qu'elle était subitement devenue sourde. Elle voyait ses assaillants se lancer sur elle et Kylma hurler des ordres, mais elle ne les entendait plus. C'est alors qu'une voix qui lui semblait familière chuchota: « Il arrive. »

Le vacarme explosa de nouveau. Tout près de Shila, la porte double qui donnait sur l'extérieur vola en miettes. Les panneaux vitrés éclatèrent, et une pluie de verre fut éjectée dans le hall. Les Apikéliens se protégèrent le visage, pour éviter que cela leur crève les yeux. C'est ensuite le mur au complet qui s'écroula, comme fracassé par un boulet de canon. Par miracle, seule la portion contre laquelle était adossée Shila tenait toujours debout. Elle entendit les gardes d'Apikela hurler de terreur et les vit détaler dans les couloirs. Figé de stupeur, Kylma restait derrière et fixait la trouée. Shila tourna la tête pour voir ce qui avait causé la destruction du hall, mais, de l'angle où elle se trouvait, c'était impossible. Tout à coup, un glapissement aigu retentit derrière la paroi contre laquelle elle s'appuyait. Par la brèche du mur effondré furent crachées des gouttes d'une bave épaisse, que Kylma reçut en plein visage. Il poussa un cri avant de quitter les lieux à son tour.

Shila tremblait contre son muret.

« Qu'est-ce que c'est que ça ? » se demanda-t-elle.

Elle regardait partout pour tenter de trouver une issue par laquelle elle pourrait bien s'enfuir. Le vent glacial souleva ses cheveux. Du coin de l'œil, elle vit le museau de l'animal traverser la brèche. Il se tourna dans sa direction, comme s'il savait d'instinct où elle se trouvait. Des moustaches fines chatouillèrent le visage de Shila.

— Hynamë ! s'écria-t-elle. C'est toi ?

Le dragon inclina la tête sur le côté, perplexe. Comme il avait grandi en dix jours ! Son corps d'émeraude ondulait à quelques centimètres du sol. Le dragon laissa échapper un second cri.

— Je croyais qu'on ne pouvait pas te voir de la Terre, Hynamë..., murmura Shila. Je croyais... que le ciel était trop loin.

15

Agrippée à la crête d'Hynamë, Shila s'envola loin de la base d'Apikela. L'air glacial lui fouettait le visage. Le dragon piqua telle une flèche vers l'est, là où était stationné l'Area. À la vitesse à laquelle ils filaient, Shila et lui l'atteignirent en moins d'une minute.

— Myko est arrivé! cria Shila pour se faire entendre d'Hynamë à travers le mugissement du vent.

Le sas s'ouvrait lentement pour laisser passer Myko et Axifelle. Ils avaient abandonné leur motoneige près de la carlingue.

— Profitons-en pour entrer aussi!

Hynamë baissa la tête, amorçant sa descente. Shila se plaqua dans son dos, de peur d'être éjectée. La rapidité du dragon était phénoménale. Ils plongèrent dans l'Area par le sas. Shila entendit des cris de stupeur retentir autour d'eux, à l'intérieur. Hynamë gonfla son corps pour freiner sa course et éviter de s'écraser contre les lentoks. Il se replia sur lui-même comme un ressort et s'immobilisa. Il coucha la tête sur le sol pour permettre à Shila de descendre. Celle-ci sauta par terre, et, le temps qu'elle se retourne vers lui, Hynamë s'était déjà élancé au-dehors, regagnant le ciel en ondoyant. Sur l'ordre de Shila, un technicien actionna la commande de fermeture.

Les zonés B qui se trouvaient dans le hangar, surpris par le retour de Shila et la visite éclair du dragon, restèrent bouche bée un moment. Puis, déroutés, ils entourèrent Shila. Voyant son bras brûlé, l'un d'eux alla chercher un infirmier. Des interrogations fusaient au sujet de son retour aussi soudain que spectaculaire. Elle n'écoutait pas, scrutant plutôt les murs, à la recherche de la caméra de surveillance. Elle finit par repérer, dans l'angle du plafond, près d'une poutre d'acier, une boîte noire percée d'un cercle de verre. Celui-ci miroitait dans la lumière des néons.

— Enlevez-vous de là, avertit Shila en pointant un groupe de soldats debout sous la caméra.

Ils lui obéirent, hésitants. Elle tira un poignard de sa botte et le lança vers l'appareil. Le verre de la lentille vola en miettes et l'arme rebondit sur le sol. Les membres d'équipage, qui s'étaient tus en la voyant dégainer, la pressèrent de nouveau de questions. Elle coupa court à cela, d'un geste de la main.

— Vous saurez tout plus tard. Accueillez plutôt notre invitée.

La foule se tourna vers la porte fermée du sas. Les Aréiens avaient reconnu Myko, qu'ils savaient être le compagnon de leur commandante. C'était pour lui qu'ils avaient ouvert les portes du cargo. Mais la jeune fille aux longs cheveux blonds que Myko escortait, elle, ils ne l'avaient encore jamais vue.

— Bonjour, dit Axifelle en avançant d'un pas.

Shila vint se placer près d'elle et fit les présentations officielles.

— Voici Axifelle Valtari-Nyska, la nouvelle porteuse de l'abeille de Lokimë.

Les Aréiens, interloqués, ne réagirent pas immédiatement et fixèrent Axifelle avec curiosité. Puis, un à un, ils s'inclinèrent devant elle. Axifelle leur répondit de la même façon. Lorsque cela fut fait, Shila donna ses ordres d'une voix grave.

— Que quelques hommes nous escortent jusqu'à la Zone A. Je veux qu'une unité entière soit assignée à la surveillance de dame Nyska...

— Je préfère Valtari.

— ... de dame Valtari. Et allez chercher le général Laris. Qu'il me rejoigne immédiatement dans la salle de commandement.

— Oui, commandante ! répondirent les soldats avant de se séparer pour exécuter les ordres.

L'infirmier arriva sur les lieux et entreprit de panser la plaie de Shila. Une dizaine de soldats encadrèrent Axifelle : elle questionna Shila du regard.

— Je vais vous faire assigner une des chambres de la Zone A, expliqua cette dernière. Vous pourrez vous y installer à votre aise. Cependant, il vous sera interdit de déambuler dans le vaisseau sans mon consentement. Mes gardes veilleront à votre sécurité, mais également à ce que vous ne vous enfuyiez pas.

— Je comprends. Mais je ne souhaite pas retourner là-bas.

— Je suis heureuse d'entendre cela.

— Pardonnez-moi, dame Shila, ajouta Axifelle, mais pourriez-vous me tutoyer ? Je me sentirais moins comme la vieille femme de quatre-vingts ans que je devrais être...

— Bien sûr. Tu peux me tutoyer aussi.

Axifelle s'inclina devant Shila, et les gardes chargés de l'escorter l'entraînèrent dans les couloirs vers la Zone A.

Shila se tourna vers Myko et lui dit avec un sourire :

— Tu vois, tout s'est bien déroulé.

— Mais... les deux gardes du corps sont morts, j'ai dû me sauver en catastrophe avec Axifelle en te laissant seule derrière, et tu as failli y laisser ta peau ! Que te serait-il arrivé si Hynamë n'était pas venu à ton secours ?

— L'important, répliqua Shila, c'est le résultat. Nous voulions regagner l'Area, avec Axifelle en otage. C'est fait. Je suis satisfaite.

— Ah là, là..., soupira Myko. Je ne suis pas certain qu'un jour je m'habituerai à la nouvelle Shila...

Elle s'approcha de lui.

— Ce n'est pas la « nouvelle » Shila, c'est l'ancienne. C'est seulement que, des fois, elle refait surface. Mais au fond, c'est toujours moi. Juste moi.

— Oui... tu as raison.

— Allons-y. Il faut que je discute de toute urgence avec Laris.

Ensemble, ils se dirigèrent vers la salle de commandement de la Zone A. Laris les y attendait, en faisant les cent pas devant la baie vitrée. Lorsqu'il vit Shila entrer, il s'arrêta et s'inclina d'un geste rapide. Puis, il accourut jusqu'à elle.

— Commandante Shila ! Je ne sais que penser : vous revenez à dos de dragon, le bras brûlé jusqu'à l'os, sans vos gardes du corps mais avec un otage ! Que se passe-t-il donc ?

— Le vent a tourné, Laris. Asseyons-nous pour discuter. Mais pas ici : la salle de commandement est sous surveillance.

Shila ordonna que la caméra cachée dans la pièce soit trouvée et détruite. Laris et elle choisirent un boudoir tout près de là et s'installèrent à une table. Myko resta debout derrière Shila. Des soldats se postèrent devant la porte de la pièce.

— Vous m'inquiétez, avoua Laris, les mains croisées devant lui. Éclairez-moi, je vous en prie.

— Nyska s'est joué de nous.

Laris haussa les sourcils. Shila lui rapporta la conversation qu'elle avait eue avec Arken au sujet d'Unelmyna.

Plus elle avançait dans son récit, plus le visage de Laris s'empourprait et plus ses doigts se crispaient. À la toute fin, il était furibond.

— Mais c'est un véritable scandale ! explosa-t-il. Nous avons été manipulés !

— Cet homme n'a aucun sens moral, déclara Shila. Il est prêt à tout pour parvenir à ses fins. Nous allons lui montrer que les Aréiens ne se laisseront pas faire.

— D'où l'idée de l'otage ?

— Axifelle Valtari est le point de départ de toute l'histoire. C'est pour elle, pour la ramener à la vie, que Nyska a créé Apikela et lancé la flotte. Elle sera notre meilleure monnaie d'échange.

— Contre quoi voulez-vous la céder ?

— Unelmyna, voyons.

— Mais vous venez de m'informer que la ville d'or n'existait pas !

— Justement. Avec Axifelle entre nos mains, nous allons faire en sorte qu'elle existe. Tant que les Aréiens n'auront pas au-dessus de leur tête les toits brillants de mille feux qui leur ont été promis, Nyska ne reverra pas Axifelle. Je compte sur l'armée aréienne pour repousser les attaques de la garde d'Apikela. Ils ont des armes auxquelles nous ne sommes pas habitués, mais nous avons l'avantage du terrain. La carlingue de l'Area est une carapace difficile à percer.

— Quand dois-je préparer les troupes ?

— Je m'attends à ce que nous soyons attaqués très bientôt. Kylma ne tardera pas à avertir Nyska de l'enlèvement d'Axifelle. Rassemblez nos soldats devant le sas. C'est l'unique entrée du vaisseau ; il faudra les empêcher de la forcer. De combien d'hommes disposons-nous ?

— Avec tous les morts et les blessés des dernières semaines, nous ne pouvons plus compter que sur cent cinquante d'entre eux, commandante.

— Pour le moment, nous devrons nous contenter de cela. Mais je crains que ce ne soit insuffisant à long terme, surtout si l'état de siège est décrété.

Shila réfléchit quelques secondes. Elle releva la tête et planta son regard dans celui de Laris :

— Je veux que vous enrôliez tous les zonés C en âge de combattre.

— Les zonés C ?

— Nous aurons besoin de tout notre monde.

— À vos ordres.

— Une dernière chose : affectez des gardes supplémentaires à la surveillance de la chambre d'Axifelle, et vos meilleurs. C'est elle qu'ils veulent. Rompez.

— Commandante.

Laris se releva et exécuta le salut militaire. Escorté de ses soldats, il quitta le boudoir. Shila se tourna alors vers Myko.

— J'ai une demande à te faire.

— Oui ?

— Je dois avertir l'équipage de la situation. J'aimerais que tu rassembles les zonés C dans la salle de l'entrepont. Je m'occupe d'y emmener les gens de la Zone A. Laris se chargera d'annoncer la nouvelle à notre armée.

— D'accord. Quand veux-tu que cela soit fait ?

— Le plus tôt sera le mieux. Nous n'avons pas de temps à perdre.

La rumeur selon laquelle la commandante Shila avait regagné le vaisseau en catastrophe s'était répandue comme une traînée de poudre. Myko et elle n'eurent aucun mal à rassembler les Aréiens dans l'entrepont: tous voulaient savoir ce qui se passait. Les zonés A et C affluaient par vagues dans la salle, se pressant contre l'estrade. Les zonés B, informés par Laris, n'étaient pas présents. Le remarquant, les autres membres de l'équipage s'en inquiétèrent. L'absence de l'armée à un moment aussi important signifiait qu'elle se trouvait mobilisée. Cela n'augurait rien de bon.

Lorsque Shila fit son entrée, hommes et femmes se turent et inclinèrent la tête. Elle se dirigea vers la tribune. Son air grave laissait présager le pire.

La masse de l'équipage s'était clairsemée depuis la première fois où Shila l'avait vue rassemblée ainsi. Toute une strate de la société aréienne était absente, occupée à défendre le vaisseau. De plus, la guerre contre le Galesiki, puis le choc qui avait secoué le cargo lorsque Lokimë s'était posé dessus avaient décimé une partie importante de la population. Il ne devait pas rester beaucoup plus de mille personnes sur l'Area.

Shila se racla la gorge.

— Bonjour à tous. Je vous remercie d'avoir répondu à mon appel aussi rapidement. Je vous ai convoqués aujourd'hui avec une intention bien précise : éclaircir la situation en ce qui a trait à Unelmyna.

Quelques hourras timides jaillirent dans le public, mais la majorité des gens gardèrent le silence. Shila attendit un instant avant de poursuivre.

— Les nouvelles sont mauvaises. Malheureusement, rien ne se passe comme nous l'espérions.

Les yeux tournés vers elle se firent plus graves encore.

— Avant tout, je dois vous dire que cette situation me révolte autant qu'elle vous révoltera. Ce n'était pas ce que je voulais pour les Aréiens.

Elle baissa la tête et inspira profondément.

— Arken Nyska nous a trompés. Unelmyna, la ville d'or, n'existe pas.

Les gens demeurèrent muets de stupeur, de désillusion. Shila poursuivit.

— Apikela projette de nous déporter, à Hyemalis, dans des logements sociaux. Les équipages du Kosseria, du Sikala, du Palviyamë et de l'Ekusi y sont déjà installés.

Les carcasses de leur vaisseau déserté se pétrifieront dans les glaces de l'Arctique. Le tour du Galesiki viendra bientôt, et ensuite le nôtre. Même si notre équipage est celui qui a capturé l'abeille de Lokimë, nous subirons le même sort que le reste de la flotte.

Une clameur montait dans la salle. « On nous a manipulés ! » « C'est scandaleux ! » « Ils vont nous le payer ! » entendait-on.

Shila laissa monter la colère des Aréiens. La grogne collective gagna du terrain. Lorsque le vacarme devint insupportable, Shila leva le bras en l'air, réclamant le silence. Quand elle l'obtint, elle déclara :

— Sachez qu'en votre nom, j'ai refusé de me soumettre ! Arken Nyska ne connaît pas la combativité des Aréiens. Nous n'accepterons pas d'être casés dans des taudis ! Nous méritons un plus noble destin, car nous sommes ceux à qui Lokimë a choisi de faire don de son abeille ! Nous sommes ceux parmi lesquels est né et a grandi son successeur, Hynamë !

Un grondement sourd animait toujours la foule. Shila aperçut soudain Myko, avec un groupe de zonés C. Elle lut dans son regard fierté et confiance. Elle reprit la parole.

— Sachez cependant que nous avons un atout important dans notre jeu : ce à quoi Nyska tient le plus se trouve en ce moment, ici même, sur l'Area.

Des murmures intrigués parcoururent la salle.

— La quête de l'abeille avait pour objectif d'arracher à Lokimë la source de son énergie vitale, afin de l'utiliser pour ramener un mort à la vie. La personne à qui Nyska la destinait est sa femme, Axifelle Valtari. J'ai moi-même placé l'abeille dans sa bouche et la légende s'est confirmée : Axifelle, qui était morte depuis soixante ans, s'est réveillée.

Les réactions ne se firent pas attendre : des exclamations de surprise retentirent.

— Avant de nous enfuir, nous avons enlevé Axifelle. Elle demeurera sur l'Area. J'espère faire chanter Nyska et le convaincre de nous construire Unelmyna, tel que promis. Autrement, nous ne lui rendrons pas sa femme.

L'auditoire était pendu aux lèvres de Shila.

— Cependant, Nyska cherchera à récupérer Axifelle par tous les moyens. Vous aurez remarqué que nos soldats ne sont pas présents ici aujourd'hui. C'est qu'ils se préparent à protéger l'Area. Mais nos rangs ont été décimés par les récents événements. J'exigerai donc ceci de vous : que ceux qui se trouvent en âge et en condition de combattre, peu importe de quelle zone ils sont issus, rejoignent nos rangs. Rien ne compte plus désormais que de défendre le vaisseau contre une invasion d'Apikela. Ensemble, nous y parviendrons !

On entendit un murmure approbateur, et quelques personnes s'écrièrent : « Vive la commandante Shila ! » Celle-ci fit taire les acclamations. Elle sourit, puis ajouta :

— L'Area est habité par un peuple fier ! Nous tiendrons tête à Nyska !

Lorsque Shila était sortie du bureau d'Arken, après avoir cassé son écran d'ordinateur, ce dernier avait demandé à l'un de ses gardes d'aller lui chercher Kylma. Au moment où ce dernier pénétra dans la pièce, un concierge s'affairait à balayer les débris de plastique qui jonchaient le sol.

— Ah, Kylma, te voilà enfin ! Approche-toi, j'aimerais te montrer quelque chose.

Arken était toujours absorbé dans l'étude de la large feuille que Shila avait remarquée un peu plus tôt, celle du schéma d'ADN d'Axifelle. Il pointa du doigt le segment qui avait été encadré au crayon.

— Tu vois ça ?

Kylma pencha la tête de côté, intrigué.

— Qu'est-ce que c'est ?

— Le marqueur pulsar.

Kylma lui jeta un regard stupéfait.

— Vous voulez dire que les généticiens ont réussi à déterminer qu'une portion de la séquence génétique d'Axifelle est responsable du syndrome du pulsar?

— Exactement.

— Mais c'est une excellente nouvelle! Si le syndrome est inscrit dans les gènes d'Axifelle, tout porte à croire qu'il peut se transmettre à une éventuelle progéniture!

— J'imagine que, compte tenu des circonstances, c'est là-dessus que nous devrons nous rabattre pour obtenir un pulsar fonctionnel... Ah, je ne peux le croire: il me faudra encore attendre! Je me fais si vieux!

Kylma ne dit rien. Arken reprit.

— J'aimerais que ce soit toi qui veilles à ce qu'Axifelle tombe enceinte. Je sais que tu ne me feras pas de problèmes avec l'enfant.

— Vous pouvez être rassuré là-dessus. Pour moi, rien ne compte plus que nos recherches.

— Voilà pourquoi je t'ai choisi, Kylma. Si je meurs trop tôt, je sais que tu feras aboutir nos projets. Nous sommes les maîtres des univers parallèles, mon cher. Personne avant nous n'a été aussi près d'en franchir la frontière. L'histoire est en train de s'écrire...

Arken soupira.

— Mais qu'est-ce que c'est long!

Kylma sourit devant l'impatience d'Arken. Le concierge qui s'était chargé de ramasser les débris d'ordinateur sur le sol sortit alors de la pièce.

— Qu'est-il arrivé ici? demanda Kylma.

Arken leva les yeux au ciel.

— C'est Shila, de l'Area, qui vient de me faire toute une scène. J'ai eu la mauvaise idée de lui avouer la vérité au sujet d'Unelmyna. Moi qui la croyais inoffensive, voire naïve... Elle m'en a fait voir de toutes les couleurs. Je lui ai donné une heure pour quitter la base. J'aimerais que tu t'assures qu'elle le fera. Qu'elle aille briser des écrans ailleurs, celle-là!

— Bien.

— À la salle de contrôle, demande à ce que la surveillance exercée sur l'Area soit resserrée. Qu'on ait son équipage à l'œil.

— Oui.

Un peu plus d'une demi-heure avait passé depuis la sortie fracassante de Shila. Kylma s'apprêtait à son tour à quitter le bureau d'Arken lorsqu'un individu débarqua en coup de vent dans la pièce. En plus d'être à bout de souffle, il avait le visage ensanglanté, le nez cassé. Paniqué, il déclara:

— Cette folle de Shila et son escorte nous ont attaqués, mon compagnon et moi-même, alors que nous étions en faction devant l'infirmerie! Professeur, je crains qu'ils ne s'y soient introduits: votre femme n'est plus dans sa chambre!

***

Moins d'une heure plus tard, ce fut au tour de Kylma de pénétrer en catastrophe, haletant, dans le bureau qu'Arken ne quittait à peu près jamais.

— Ils se sont enfuis avec Axifelle! Une espèce de monstre gigantesque est venu à leur secours et a démoli le hall d'entrée! Pardonnez-moi, je n'ai rien pu...

Arken le coupa, furieux.

— Ah, ce n'est pas vrai! Je n'ai rien à faire de tes excuses, Kylma! Tu me déçois beaucoup.

Celui-ci baissa la tête, rouge de honte et de colère. Arken poursuivit.

— J'ai besoin d'Axifelle. Tu vas me la récupérer immédiatement. Use des méthodes qui te plairont, je m'en fiche. Tu peux bien faire sauter l'Area si l'envie t'en prend, mais je la veux ici, dans mon bureau, avant demain matin. C'est compris?

— Oui, professeur.

— Sors maintenant.

Kylma obéit.

Une fois seul, Arken posa son front au creux de ses mains.

— Attaquer mon talon d'Achille... Tu es loin d'être une idiote, au fond, Shila.

Après son discours, Shila retrouva Myko dans sa chambre en Zone A. Elle voulait enfiler une combinaison militaire, afin d'être prête à recevoir les Apikéliens. Elle glissa dans sa ceinture un sabre, un poignard, ainsi que la matraque électrique qu'elle avait rapportée de la base. Myko l'aida à attacher son plastron protecteur.

— Tu devrais rester dans la Zone A, plutôt que d'aller combattre. Ce serait plus prudent.

— Nous aurons besoin de tous les bras dont nous disposons pour repousser les gardes d'Apikela. Et à défaut de savoir si je suis une bonne commandante, je sais ceci : j'excelle au combat. Si ça peut servir la cause de l'Area, j'ai le devoir d'y aller.

— Plus que jamais, l'Area a besoin de sa commandante, que celle-ci ait prouvé sa valeur ou non. Si tu péris, l'équipage sera condamné...

— Ils ne peuvent pas me tuer, voyons : je suis immortelle.

Myko la regarda, ahuri.

— C'est une blague, Myko, sourit Shila. Je vais faire attention.

— Espérons seulement qu'en cas de pépin, Hynamë te viendra en aide une nouvelle fois. Veux-tu bien me dire ce que tu représentes pour Lokimë et Hynamë pour qu'ils t'honorent ainsi de leur protection ?

Shila regarda à travers son hublot. Au-dessus de l'horizon fracturé par les collines de glace, le ciel d'après-midi étincelait d'un bleu fluorescent.

— Ça, j'aimerais bien le savoir..., murmura-t-elle.

Elle posa le poing sur le pommeau de son sabre et se détourna de la fenêtre.

— J'y vais maintenant. Je compte sur toi pour aider à l'enrôlement du plus grand nombre de personnes valides dans la Zone C.

— Oui.

— Toi-même, as-tu l'intention de t'engager ?

Myko soupira.

— Il le faudra bien. Je ne vais pas rester tout seul dans mon coin à regarder mes compagnons mourir pour leur patrie. Et je dois dire que les taudis de Hyemalis ne me tentent pas trop.

Shila se moqua de Myko.

— Dans ce cas, tu vas devoir reprendre des leçons de sabre.

Elle faisait référence aux cours de maniement du sabre qu'elle lui avait donnés dans le boudoir de la Zone C, lorsqu'il prévoyait attaquer Valer.

— Je crois me souvenir que tu es loin d'être doué...

— Je te remercie pour tes encouragements, répondit-il sur un ton faussement outré. Peut-être qu'avec un meilleur professeur...

Shila s'esclaffa. Mais quand elle quitta sa chambre et qu'elle vit la noblesse aréienne se barricader dans ses appartements, et les soldats traverser les corridors en courant, elle s'assombrit. C'était de nouveau la guerre, sur l'Area. Si peu de temps avait passé depuis la dernière. Ce n'était plus le moment de rire.

Au détour d'un couloir, Shila et ses gardes du corps tombèrent sur Aniki. Toutes deux faisaient de grands efforts pour s'éviter depuis qu'elles s'étaient revues dans la chambre de cette dernière, peu après qu'on l'eut secourue sur le Galesiki. Shila lui accorda un léger salut de la tête et s'apprêtait à poursuivre son chemin, lorsque Aniki la retint par le bras, le regard méprisant.

— Beau travail, Shila. Non seulement tu t'es montrée incapable de faire valoir nos droits sur Unelmyna, mais en plus, tu places l'équipage dans l'eau chaude en entrant en conflit direct avec l'homme qui tire les ficelles de notre destinée. Chapeau, vraiment. Pour une nouvelle commandante, tu t'es donné du mal.

Shila l'ignora. Il ne servait à rien de répondre à Aniki ; ses paroles étaient dictées par la rancœur. Elle et ses gardes repartirent vers la Zone B.

— Évidemment, tu te défiles…, ajouta Aniki dans son dos. Tu n'as même pas la fierté de te défendre ! Serait-ce qu'au fond de toi, tu sais bien que ce poste, tu l'occupes de façon illégitime ? L'Area est dirigé par une usurpatrice !

Cette fois, Shila se retourna et fusilla Aniki du regard.

— C'est Iloni elle-même qui m'a désignée pour lui succéder. Oserais-tu contester son autorité ?

— Elle était aveuglée par la perte de sa fille, et tu as su en profiter.

— Tu me traites de manipulatrice ?

— Tout à fait.

Les gardes qui escortaient Shila firent mine de sortir leur sabre de leur fourreau.

— Ne vous avisez pas de manquer de respect envers la commandante, princesse Aniki, prévint l'un d'eux. Malgré votre rang, nous serions obligés de sévir.

— Je devrais être celle qui vous donne des ordres, soldats, et vous vous permettez de me menacer ?

Shila se mordit la lèvre. Elle exhorta ses hommes à rengainer leur arme et, continuant sa route avec eux, lança par-dessus son épaule :

— Je n'ai pas le temps d'argumenter avec toi, Aniki. Le vaisseau peut être attaqué à tout moment, et j'ai résolu de le défendre de toutes mes forces. Contrairement à ce que tu sembles croire, j'ai à cœur les intérêts des Aréiens.

— C'est ça ! Laisse-moi rire ! Tout ce qui t'intéresse, c'est le pouvoir ! Tu nous as bien eus à ton arrivée sur le vaisseau avec tes airs d'ange perdu... Mais je ne suis pas comme Iloni. Je connais ton véritable visage, Shila, je sais quel démon tu es. L'Area ne réalise pas à quel point il court à sa perte avec toi à ses commandes. Je me ferai un devoir de lui ouvrir les yeux... Tu peux compter sur moi !

Les dernières paroles d'Aniki se heurtèrent au portail de la Zone B, que les sentinelles postées à la frontière venaient de refermer.

***

Shila attendait, fébrile. La baie vitrée de la salle de commandement, par laquelle elle observait l'horizon, était alignée avec la base d'Apikela, mais n'en était toutefois pas assez proche pour permettre de l'apercevoir. Il devait être dix-sept heures. Shila avait mangé une bouchée un peu plus tôt, après que Myko l'eut quittée pour la Zone C. Là-bas, il devait essayer de convaincre le plus de gens possible de prendre les armes. Shila espérait gonfler les rangs de son armée de quelques centaines de combattants.

Peu de temps après que Shila se fut enfuie de la base, les instruments de détection de l'Area étaient devenus inopérants. Shila avait pesté, sachant trop bien qu'Arken était responsable de cela. Les techniciens radars durent donc se rabattre sur une technique plus rudimentaire : l'observation visuelle. Postés en différents endroits le long de la baie vitrée en demi-lune, ils scrutaient le paysage avec des lunettes d'approche. L'un d'eux finit par s'écrier:

— Ennemi en vue, commandante! Angle sud-ouest!

Shila plissa les yeux pour mieux voir. L'horizon blanc frissonna. Des points noirs apparurent au loin, et elle distingua le faible ronronnement de moteurs.

— À combien estimez-vous leurs effectifs?

— Ils sont nombreux..., dit le technicien, sa longue-vue vissée sur l'œil. Une trentaine de véhicules. D'après ce que je peux voir, il y aurait huit autoneiges. Le reste semble être des motoneiges ordinaires à deux places.

Shila calcula mentalement: « Donc, une centaine de gardes apikéliens. Parfait. Nous aurons l'avantage du nombre. »

Elle s'éloigna de la grande fenêtre en demi-cercle.

— Je pars sur-le-champ rejoindre le général Laris près du sas. Demeurez à vos postes jusqu'à ce que l'ennemi soit à cinq cents mètres de l'Area. Dès qu'il aura franchi cette limite, courez m'en avertir en Zone B. Nous l'attendrons de pied ferme.

Shila se tourna vers les quelques militaires postés près de la porte de la salle de commandement.

— Soldats!

Ils se mirent au garde-à-vous et se déployèrent. Ils quittèrent la pièce à grands pas, laissant les techniciens radars seuls derrière. Les silhouettes ennemies grossissaient en approchant.

19

Dès que Shila eut rejoint Laris dans le hangar, les opérations s'amorcèrent. Un à la suite de l'autre, les dômes vitrés des cockpits des lentoks se refermèrent avec un déclic. Les pilotes mirent le contact, et les pales de l'hélice plantée dans le museau des appareils commencèrent à tourner. Rapidement, la vitesse de rotation fut telle que celles-ci s'effacèrent. Grâce au monte-charge, les lentoks descendaient à l'étage inférieur. À travers la vitre, Shila pouvait les voir bondir dans le ciel les uns après les autres. Lorsque le dernier eut quitté le sas de l'Area, les véhicules ennemis apparurent dans la plaine près du vaisseau. Les techniciens radars débarquèrent sur les lieux au pas de course.

— Ils sont maintenant à moins de cinq cents mètres, commandante !

— Oui, ils sont tout près, répondit-elle en désignant la scène au-dehors. Nous venons de lancer les lentoks sur eux. Merci pour votre travail. Courez vous mettre à l'abri.

— Commandante !

Les techniciens saluèrent Shila d'un geste cérémonieux. Ils tournèrent les talons et filèrent dans le couloir. Côte à côte devant la fenêtre du hangar, Laris et Shila observèrent s'avancer au-dessus des motoneiges la douzaine de lentoks qu'ils avaient jetés dans l'arène. Ceux-ci ne pourraient plus regagner le vaisseau de toute la durée de l'affrontement, le sas ayant été verrouillé.

L'escadrille s'était scindée en deux groupes, qui adoptèrent une formation serrée. Dans le but de prendre leur ennemi en cisaille, ils se déployèrent dans un grand mouvement circulaire : un groupe partit vers la gauche, l'autre vers la droite, puis ils se rabattirent sur les motoneiges. Les hublots de tir s'ouvrirent et les arbalètes métalliques tendirent leur nez à travers. Une pluie de carreaux jaillit simultanément des deux côtés. Plusieurs flèches vinrent se casser sur l'habitacle solide des autoneiges, mais certaines atteignirent leur cible : trois ou quatre gardes à califourchon sur des motoneiges en tombèrent. Surpris, les Apikéliens se mirent à zigzaguer pour compliquer la tâche des arbalétriers. Vint une nouvelle salve, puis une troisième. Inquiets, les conducteurs enfoncèrent l'accélérateur et réussirent à se mettre à couvert, dans l'ombre du vaisseau. Quelques cadavres, une quinzaine au total, chutèrent dans le sillage de leur véhicule.

— Ils sont là, dit Shila à Laris.

— Nous sommes prêts, commandante. Cent vingt soldats sont postés autour du sas, le sabre à la main. Les autres assurent la sécurité d'Axifelle. Mais je ne vois pas comment l'ennemi pourrait forcer l'ouverture. Même une torche ne réussirait pas à traverser le triple blindage. Je descends tout de même au premier niveau, pour diriger les opérations de près.

— Bien.

Les autoneiges et les motoneiges s'immobilisèrent tout contre la carlingue de l'Area. Les carreaux d'arbalète qui continuaient de s'abattre du ciel n'arriveraient plus à les atteindre. Une fraction des lentoks se posèrent un peu plus loin dans la neige, et leurs pilotes, arbalète à l'épaule, en sortirent. Shila, penchée sur la vitre, cherchait à apercevoir l'ennemi tout en bas lorsque des cris lui parvinrent de l'étage inférieur, là où se trouvait l'ouverture du sas.

Shila ne perdit pas une seconde et dévala l'échelle de secours du monte-charge. Elle s'arrêta à mi-chemin au-dessus du sol, stupéfaite par la vision qui s'offrait à elle : les gardes d'Apikela pénétraient en masse dans le vaisseau, brûlant tout sur leur passage à l'aide de leurs matraques électriques. La porte du sas, qui aurait dû être condamnée jusqu'à ce que l'ennemi abandonne, était grande ouverte.

— Mais... c'est impossible..., murmura Shila.

Elle jeta un coup d'œil au panneau de contrôle de l'ouverture. Une dizaine de soldats aréiens s'acharnaient sur les commandes, appuyant sur les boutons, abaissant les leviers. Ils gesticulaient, hors d'eux-mêmes. Shila comprit d'un seul coup à quel point elle avait sous-estimé Arken.

« Le contrôle qu'Apikela exerce sur le vaisseau... même le sas y est soumis ! »

Dans une de ces salles aux mille commutateurs et voyants lumineux, que Shila avait trouvées au bout d'un couloir avec Myko lorsqu'ils avaient exploré la base, quelqu'un n'avait sans doute eu qu'à appuyer sur un bouton pour que la porte de l'Area s'ouvre docilement. Pour les Apikéliens, c'était gagné d'avance.

— Non, nous avons encore une chance, décida Shila. Nous allons les surprendre en nombre.

Elle remonta l'échelle jusqu'à l'étage supérieur et quitta le hangar au galop. Elle fonça dans les couloirs de la Zone B jusqu'au portail la séparant de la Zone C. Malgré l'état d'urgence, des gardes avaient été maintenus en poste de chaque côté de celui-ci. Les deux sentinelles s'inclinèrent, étonnées de voir leur commandante se présenter à cette extrémité du vaisseau, à un moment aussi critique.

— Je désire traverser, ordonna-t-elle.

Les deux hommes se zieutèrent, surpris, avant d'acquiescer. Jamais Iloni n'était descendue en Zone C du temps de son commandement. Les deux battants de bois furent repoussés, et Shila avança.

— Souhaitez-vous que l'un d'entre nous vous escorte, commandante ? demanda l'un des gardes.

— Ce ne sera pas nécessaire. Je connais le chemin.

Shila s'enfonça dans le labyrinthe qu'était la Zone C, parcourant ses corridors à la course. Elle descendit les étages jusqu'au sous-sol. Elle ne trouva à peu près personne sur sa route.

« Parfait, songea-t-elle. Tout le monde est rassemblé, comme je l'espérais. »

Lorsque Shila déboucha dans la salle commune, elle y trouva une grande quantité de gens qui se pressaient en files devant quelques tables ; elle y avait aperçu Myko, occupé à informer les volontaires qui se présentaient pour le recrutement. Ceux-ci étaient beaucoup plus nombreux que ce qu'elle avait pu imaginer.

Shila se fraya un chemin parmi la foule et alla rejoindre Myko. Lorsqu'il la vit, il se leva, l'accueillant avec un sourire. Mais elle n'y répondit pas, secouant plutôt la tête d'un air grave. Myko s'alarma.

— Tout se déroule bien là-haut, Shila ?

Les gens autour se turent pour écouter Shila. Celle-ci passa derrière le pupitre où Myko consignait les noms des nouvelles recrues, grimpa sur la chaise, puis sur la table. Dressée au-dessus des zonés C, elle prit la parole.

— Zonés C, j'ai besoin de votre aide plus tôt que prévu. Si j'ose venir la réclamer maintenant, c'est que, sans elle, je pressens que l'Area tombera entre les mains ennemies.

À ces mots, l'auditoire tressaillit. Des voix anxieuses se firent entendre.

— J'ai mal jugé mon adversaire, continua Shila. J'en prends l'entière responsabilité. Le contrôle qu'exercent Arken Nyska et son organisation sur notre vaisseau est considérable ; il est bien plus grand que je ne l'avais imaginé. Il nous faut réagir rapidement. Les Apikéliens sont parvenus à ouvrir la grande porte de l'Area ; ils sont une centaine à avoir fait irruption dans le cargo. La surprise et l'efficacité de leurs matraques électriques leur donnent un avantage que notre armée, bien que supérieure en effectifs, ne saurait renverser. Il faudrait pour les repousser être beaucoup, beaucoup plus nombreux.

Shila n'eut pas besoin d'ajouter un mot. Un homme dans la force de l'âge leva le bras au plafond.

— Donnez-moi une arme et je vous suivrai, commandante !

Soulevant des échos et des passions, l'intervention du zoné C fut reprise un peu partout dans l'assemblée. Bientôt, tous les adultes et les adolescents valides se pressèrent au pied de la tribune improvisée. Il y avait là plus de six cents personnes. Shila hocha la tête de satisfaction.

— Je suis fière de votre loyauté et de votre courage. Vous n'avez rien à envier aux autres zones. Je savais que la Zone C était habitée par de valeureux Aréiens et que j'y trouverais le soutien nécessaire.

Elle sauta en bas du pupitre.

— Suivez-moi, tous et toutes ! Des sabres vous attendent en Zone B. Et ne vous inquiétez pas de leur maniement : votre nombre impressionnant suffira, j'en suis persuadée, à mettre nos ennemis en fuite.

Les cris de guerre qui retentirent alors dans la salle commune ne faiblirent qu'au moment où la troupe survoltée atteignit le hangar et, lame étincelante à la main, se jeta dans la mêlée.

chapitre 20

Les zonés C avaient du cœur au ventre. Maladroits mais furieux, ils passèrent en première ligne, repoussant à l'arrière leurs compatriotes soldats, pour la plupart blessés. Les Apikéliens furent assaillis par une multitude de sabres. Les troupes ennemies s'écrasèrent sur elles-mêmes. La matraque d'un Apikélien devait contrer jusqu'à sept lames, balancées dans tous les sens en gestes erratiques et impossibles à anticiper. Dépassés par la situation, les gardes d'Apikela furent forcés de se retrancher, ne causant plus que de rares pertes au sein de l'armée aréienne. Les zonés C poussaient les uns sur les autres, tous voulant participer à la bataille : cela eut pour effet de refouler en un rien de temps les Apikéliens à l'extérieur de l'Area.

Mais la porte du sas, obéissant à un autre maître, refusait toujours de se refermer.

Les Apikéliens plantèrent les matraques dans leur ceinture et enfourchèrent leurs véhicules. Les moteurs poussèrent des grondements qui déchirèrent la quiétude de l'Arctique. Pressés de quitter les lieux, les motoneigistes bondirent dans les congères, faisant voler derrière eux de grands arcs de neige. D'autres gardes se pressaient dans les autoneiges. Des carreaux d'arbalète, lancés par les pilotes postés un peu plus loin, se fichèrent dans le corps de certains d'entre eux. Plusieurs engins restèrent sur place, abandonnés, témoignant du fait qu'il y avait moins de monde au retour qu'à l'arrivée. Les morts étaient nombreux chez les gardes d'Apikela.

En fuyant, les véhicules ennemis formaient une ligne floue et irrégulière qui pointait vers l'horizon. Dans le hangar, les sabres aux pointes rougies s'élevèrent et des cris de triomphe retentirent.

— Vous nous donnerez Unelmyna ! clama Shila d'une voix puissante par le sas ouvert, portée aux nues par ses soldats. Vous regretterez de ne pas avoir tenu votre promesse ! L'Area ne vous laissera pas de repos, Arken Nyska !

Les zonés B et C, réunis par la bataille, se félicitèrent pour leur victoire. Shila prenait conscience de toute la force que son équipage pouvait tirer de l'association des castes. Une cinquantaine d'ouvriers s'employèrent sur-le-champ à placarder le sas, que les hommes de Nyska maintenaient toujours ouvert à distance. Le vent froid pénétrait librement dans le cargo. Tous les matériaux que l'on put trouver sur le vaisseau servirent à condamner l'ouverture: lits, tables et pupitres furent déconstruits et cloués en patchwork. On renforça le tout avec des plaques de métal découpées à même les murs intérieurs du cargo.

Shila s'inquiétait de ce que les lentoks, confinés au hangar, ne pourraient dorénavant plus servir au combat. Les pertes humaines que l'Area avait essuyées étaient moins importantes que les dégâts matériels. Les enjeux du prochain assaut seraient bien différents. Apikela avait perdu au moins le tiers de ses hommes, et Shila doutait qu'Arken se risque à relancer sa minuscule troupe contre eux. Elle espérait qu'il viendrait bientôt la quérir pour négocier une entente à propos d'Unelmyna. Les réserves d'eau et de nourriture baissaient. Les Aréiens ne pourraient pas tenir plus d'un mois en rationnant les vivres. Il fallait que le conflit se règle au plus vite.

Avant d'aller se coucher, ce soir-là, Shila et Myko passèrent voir Axifelle dans la chambre où on la retenait pour sa sécurité. Les Apikéliens n'étaient pas parvenus à s'en approcher.

Axifelle était assise dans un fauteuil et observait le paysage arctique par le hublot. Lorsque Shila et Myko entrèrent dans la pièce, elle s'empressa de se lever et de les saluer.

— Les gardes m'ont dit que les Aréiens avaient réussi à repousser l'attaque d'Apikela. Je m'en réjouis.

Shila s'approcha d'elle.

— Tu n'as plus rien à craindre, Axifelle. Le professeur Nyska y pensera à deux fois dorénavant avant de lancer une offensive contre nous.

— Je vous mets en garde : Arken est quelqu'un de dangereux.

— Je sais. J'espère régler la suite à l'amiable.

Axifelle baissa les yeux.

— Si vous en arrivez à une entente, tu me livreras à Arken, c'est bien cela ?

— Je suis désolée, Axifelle, acquiesça Shila. En d'autres circonstances, nous aurions pu être amies, j'en suis sûre. Cependant, ma loyauté va d'abord à mon équipage. Je devrai me servir de toi comme monnaie d'échange pour obtenir la ville d'or que Nyska nous avait promise.

— Il n'a rien à faire des promesses. Je crains qu'il n'acquiesce jamais à votre requête.

— Même si tu es au cœur de la transaction ?

— Arken voudra me retrouver à n'importe quel prix. Mais le connaissant, je l'imagine plutôt faire sauter l'Area pour parvenir à ses fins que vous donner gentiment ce que vous exigez.

— Il ne fera pas exploser le vaisseau si tu te trouves à l'intérieur...

Axifelle hocha la tête avec hésitation.

Myko s'avança à son tour.

— Je me disais, Shila... Comme nous ne savons pas combien de temps Axifelle passera avec nous sur le cargo, il me semble qu'il serait bien de lui faire visiter un peu la Zone A. Elle ne peut tout de même pas rester emprisonnée dans cette chambre...

Shila voulut répondre que, justement, pour une question de sécurité, c'était ce qu'elle avait en tête, mais la joie qui illumina le visage d'Axifelle à la suite de la suggestion de Myko la bouleversa. « Cette pauvre fille n'a pas eu la vie facile depuis son réveil, et sans doute même avant..., songea-t-elle. Elle mérite bien une petite distraction, en récompense de sa docilité. »

— C'est d'accord, dit-elle. Mais seulement sous haute surveillance. Myko, tu seras son guide. Ne quittez sous aucun prétexte la Zone A. Les vingt gardes devront vous escorter et, au moindre signe d'approche de l'ennemi, Axifelle, tu regagneras ta chambre.

— Je me conformerai à tes ordres, Shila. Merci de tout cœur.

— Je t'en prie. Nous nous retirons, maintenant. Myko viendra te prendre demain matin pour la visite. Bonne nuit.

Le matin était bien installé lorsque Myko se présenta chez Axifelle. Les soldats postés dans le couloir le laissèrent passer. Myko frappa à la porte et l'entrebâilla. Axifelle était étendue dans son lit, tout habillée, la tête tournée vers le hublot. Les gonds couinèrent et elle sursauta.

— Ah, Myko, c'est toi !

— Pardonne-moi de t'avoir réveillée, Axifelle.

— Non, non, je ne dormais pas.

Elle se leva et glissa les pieds dans ses chaussures. Enthousiaste, elle rejoignit Myko près de la porte, et ils sortirent. Les vingt soldats se déployèrent autour d'eux. Ils marchaient en silence depuis quelque temps lorsque Axifelle prit la parole.

— Tu sais, Myko, tu ressembles un peu à Arken, quand il était plus jeune. La forme du visage ou les yeux, je ne sais trop. Nous faisions souvent des promenades ainsi, au début de notre mariage. J'ai la sensation d'avoir reculé dans le temps.

— Tout cela doit être dur pour toi.

— Pour tout te dire, je ne sais plus du tout où j'en suis. Je me sens vieille et jeune à la fois. C'est tellement déroutant! J'ai l'impression de ne pas avoir le droit de vivre, comme si j'avais volé l'existence de quelqu'un. Je devrais être encore morte.

— Tu aurais préféré qu'on ne te réveille pas?

— Au moins, ça aurait respecté l'ordre naturel des choses. Là, il n'y a que ce malaise incessant... celui de vivre alors que je n'en ai pas le droit.

Myko garda le silence quelques instants, avant de relever la tête.

— Essayons de te changer les idées un peu, d'accord?

Axifelle acquiesça. Ils s'engagèrent dans les couloirs, escortés par les soldats. Myko connaissait bien la Zone A, maintenant qu'il y habitait. Il montra à Axifelle tout ce qu'il y avait d'intéressant à voir. Axifelle s'extasia devant les œuvres d'art et l'architecture du vaisseau. Assoiffée de détails, elle questionna Myko sur son quotidien de zoné C, sur son histoire avec Shila et sur la vie dans le ciel. Celui-ci lui répondit du mieux qu'il le put. En replongeant ainsi dans les souvenirs des derniers mois, Myko réalisa à quel point son existence avait changé du tout au tout depuis que Shila avait été recueillie sur le vaisseau.

— Je n'aurais jamais pu imaginer vivre en Zone A, avant que Shila ne prenne la barre de l'Area. Le respect de la hiérarchie était si strict...

— Trouves-tu que c'est une bonne commandante ?

Myko prit quelques instants pour réfléchir à la question.

— Oui. En ces temps de crise, je suppose que son passé trouble lui est utile... Au fond, chaque mauvaise chose doit avoir son bon côté.

— Je ne suis pas certaine de cela.

Axifelle détourna la tête, la mine sombre. Myko la regarda. Même s'il venait de tenir des propos optimistes, il comprenait ce qu'elle voulait dire. Il se remémora la mort de Kimi et l'état dépressif dans lequel cela l'avait plongé, quelques semaines plus tôt. Ce genre de choses n'avait pas de bon côté.

Pendant une fraction de seconde, sa vue se brouilla. Il cligna des yeux. Il se sentit alors tomber, aspiré par cette force étrange qui l'assaillait quelquefois. Il vacilla, pris d'un étourdissement fulgurant. Axifelle l'attrapa par le bras pour l'aider à retrouver son équilibre.

— Ça va ? demanda-t-elle, inquiète.

— Oui... je crois...

Axifelle fronça les sourcils et retira sa main d'un geste vif. Elle la referma contre son cœur.

— Tu...

Mais Myko la coupa, rassurant.

— Continuons, ce n'est rien du tout. Ça m'arrive de temps à autre.

Elle hocha la tête. Les gardes du corps reprirent leur marche autour d'eux.

Myko avait en tête de garder la salle de commandement pour la fin, car c'était l'espace le plus impressionnant de la Zone A, avec sa gigantesque baie vitrée qui donnait la sensation d'être dehors. Mais avant de s'y rendre, Myko voulut montrer à son invitée une autre pièce qui valait vraiment la peine d'être vue : la bibliothèque.

Il n'y était pas retourné depuis cette journée où, avec Kimi, il avait fait la connaissance de Shila. Cette fois-là aussi, il avait fait une chute de pression ; il s'était carrément évanoui.

« Étrange hasard... », se dit-il en s'ébrouant, tentant de retrouver la maîtrise de lui-même. Axifelle et lui n'échangèrent plus une parole jusqu'à ce qu'ils arrivent devant la petite porte au carreau vitré. Des moulures sculptées en faisaient le tour.

— Voilà, c'est ici.

Un des gardes du corps d'Axifelle ouvrit le battant et une lumière franche éclaboussa le sol jusqu'au couloir. Axifelle pencha la tête pour voir à l'intérieur : elle poussa une exclamation émerveillée.

— Mais... c'est tout en verre !

— C'est beau, hein ? dit Myko en souriant. J'ai eu la même réaction la première fois que je suis venu ici.

— On dirait de la glace... C'est digne de l'architecture tuulienne!

Quatre soldats les accompagnèrent dans la bibliothèque, les autres restant à l'extérieur pour faire le guet. Axifelle s'avança sur le plancher miroitant. Au contact du sol, les semelles de ses chaussures produisirent des notes cristallines. Elle inspecta les rayons. Myko lui expliqua comment étaient disposés les documents.

— De ce côté, il y a les livres. Ce sont surtout des manuels d'aviation et de météorologie. Plutôt ardu comme lecture. Et de l'autre, se trouvent les archives, les actes de naissance. Tu veux voir le mien?

Axifelle s'approcha, curieuse.

— Je suis étonnée que vous preniez la peine de tenir ce genre de registre. Vous êtes consciencieux, sur l'Area.

— C'est notre monde ici, dit Myko. Si nous ne le faisions pas, nous perdrions nos repères.

Il tendit une feuille à Axifelle, qui lut à haute voix.

— « Nom: Myko. Sexe: Masculin. Lieu de naissance: Zone C, Area. Date de naissance: 12 mai 1995. » Ça alors, tu es né en 1995...

— Bien oui... Qu'est-ce que ça a de surprenant?

— Moi, en 1931, tu te rends compte? répondit Axifelle en soupirant. Vu comme ça, je pourrais être ta grand-mère, voire ton arrière-grand-mère. Ce n'est pas normal, tout ça, c'est contre nature... J'ai l'impression d'être un monstre...

— Arrête de te faire du mal, répliqua Myko, qui espérait apaiser le tourment d'Axifelle. Tu n'as rien décidé, tu n'es pas responsable de ce qui t'arrive. Tu es une victime d'Arken Nyska, comme nous. Et puis, au final, ce ne sont que des dates. Tu es très bien comme tu es.

Axifelle hocha la tête sans conviction et poursuivit sa lecture.

— Il y a aussi le nom de tes parents et de tes grands-parents, comme pour un arbre généalogique. Tu crois que l'un d'entre eux est né en 1931, comme moi ?

Axifelle se moquait d'elle-même pour dissiper le récent malaise. Elle regardait Myko en souriant. Celui-ci entra dans son jeu.

— On vérifie ?

— Quelle coïncidence : l'un de tes grands-pères se nomme Arken. On regarde sa date de naissance, à lui ?

— Si tu veux. Mais je te rassure : il est impossible qu'il soit né la même année que toi. Personne n'a plus de soixante ans sur le vaisseau. Nous sommes tous censés être nés à bord. Quoique pour le grand-père Arken, justement... Son nom apparaissait sur une mystérieuse liste intitulée « Enfants terrestres » que Shila a trouvée. Et s'ajoute à cela l'énigme de son origine...

— L'énigme de son origine ?

— Quand je suis venu ici, la première fois, j'ai remarqué que sur l'acte de naissance de mon grand-père, l'endroit où il était né avait été corrigé. J'ai pu déchiffrer le mot « orphelinat ». Je n'ai pas pu lui demander d'explications, car il est décédé avant que je vienne au monde. Peut-être que toi, tu saurais où c'est. Il s'agit sans doute d'une ville de la Tuuli.

Axifelle tressaillit.

— Un orphelinat?

— Oui, regarde.

Myko lui tendit la feuille jaunie de l'extrait de naissance de son grand-père. Le papier craqua lorsque Axifelle le saisit. Elle y jeta un œil.

— « Nom: Arken. Sexe: Masculin. Lieu de naissance:... »

La feuille tremblait entre ses doigts. Myko s'approcha.

— Tu es capable de lire sous les ratures?

Axifelle reprit, la voix cassée.

— « Lieu de naissance: Orphelinat de Lastenkia. Date de naissance: 16 juin 1949. »

— 1949? Mais non, Axifelle, c'est écrit 1950.

Axifelle laissa tomber la feuille entre les mains de Myko. Celui-ci l'examina avec attention.

— Mais tu as raison! Je n'avais pas remarqué: on a aussi corrigé les chiffres au stylo. 1949... Mais ça ne concorde pas avec les dates d'envol de la flotte, puisque l'Area n'a décollé qu'en 1950! Je le savais: mon grand-père est né sur Terre! Cette liste d'« enfants terrestres » disait vrai!

Myko était excité par sa découverte. Il leva les yeux vers Axifelle. Elle avait reculé jusqu'au mur du fond, celui qui était constitué d'un gigantesque carreau. Dans la lueur bleutée qui l'enveloppait, elle était d'une pâleur de mort.

— Axifelle, ça va ?

— Myko...

— Quoi ?

— Arken... Ton grand-père..., c'était mon fils.

Même si, à cette époque, le syndrome du pulsar affectait sa mémoire, Axifelle se souviendrait toute sa vie du 12 mars 1949. Cette journée-là, elle avait compris qu'Arken ne l'aimait pas et qu'elle ne représentait pour lui qu'un vulgaire rat de laboratoire.

Ils avaient pris le repas du midi en silence comme à l'habitude, chacun à son bout de la longue table. Arken feuilletait une revue scientifique, glissant de temps à autre une bouchée entre ses lèvres. Axifelle gardait les mains croisées sur les cuisses, l'esprit errant dans cet autre univers où les chevaux-lions étaient rois.

— Mange, ma chérie, lui dit Arken en levant les yeux de son magazine. Le bébé a besoin de se nourrir.

— Oui, pardon, fit-elle en sursautant.

Axifelle attrapa sa fourchette et son couteau. Elle s'efforça de se concentrer sur les légumes et la viande qui se trouvaient devant elle, mais l'appel de l'autre monde se faisait insistant. Elle réussit à avaler la moitié de son assiette avant de perdre de nouveau contact avec la réalité. Une domestique vint retirer les plats.

— Je dois passer quelques coups de fil pour le colloque, Axifelle. J'en ai pour l'après-midi. Nous ne nous reverrons qu'au souper. Si tu désires faire une promenade, fais-toi accompagner par la bonne. Repose-toi bien.

— À tout à l'heure.

— À tantôt.

Axifelle demeura un moment accoudée à la table, la tête dans les nuages. C'est un mal de tête qui la tira soudain de sa rêverie. La migraine l'avait assaillie d'un seul coup, sans prévenir. Axifelle gémit. Elle décida d'aller s'étendre dans sa chambre.

« Mais avant, je vais aller demander mes cachets à Arken. »

Le médicament avait été conçu spécialement pour elle, par un collègue pharmacien d'Arken. Il avait été difficile d'en trouver un qui ne fût pas dangereux pour le bébé qu'Axifelle portait. Arken, craignant que, dans sa distraction, elle ne prenne une trop grande quantité de comprimés, gardait le flacon avec lui, sous clé. Lorsqu'une migraine apparaissait, Axifelle n'avait qu'à lui réclamer une dose.

Elle gravit les escaliers qui menaient à l'étage, où se trouvaient le cabinet d'Arken ainsi que la chambre conjugale. La porte du bureau était entrouverte. Approchant de celle-ci, Axifelle entendit la voix d'Arken, qui discutait au téléphone.

— Oui, je sais, il est peut-être un peu prématuré que je présente cet aspect de mes recherches au colloque, mais je suis tellement enthousiaste ! Si, comme je le crois, le syndrome se transmet à l'enfant, et qu'il est possible d'exploiter celui-ci pour envoyer d'autres gens dans l'univers parallèle, tu imagines tout ce que ça impliquerait ? Un élevage de pulsars permettrait à un grand nombre de personnes de voyager dans l'autre monde et assurerait d'offrir le service aux générations futures. Au départ, je ne voulais qu'un substitut, au cas où Axifelle disparaîtrait, mais en y réfléchissant, j'ai réalisé tout le potentiel de la chose. Tu as présenté mes recherches au directeur de cette entreprise privée dont tu m'as parlé la semaine dernière ?

Un silence suivit. Axifelle, plaquée contre le mur, retenait son souffle.

— Oui, je comprends, poursuivit Arken. Je travaille là-dessus. Le Silmää est en cours de transformation. Si tout se déroule bien, il devrait être prêt dans trois ou quatre mois. De toute façon, je veux attendre la fin de la grossesse d'Axifelle avant de l'essayer sur elle. Quand tout fonctionnera parfaitement, j'inviterai le directeur pour lui faire une démonstration.

Axifelle n'en écouta pas plus. Sur la pointe des pieds, elle s'éloigna du bureau.

Elle entra dans la chambre qu'elle partageait avec Arken. Elle s'assit sur le lit et se prit la tête entre les mains. Elle n'avait pas bien saisi cette histoire d'univers parallèles, mais ce qu'elle avait compris hors de tout doute, c'était que, depuis tout ce temps, Arken ne faisait que l'utiliser pour ses expériences !

« Ce que j'ai pu être stupide ! Il ne m'a jamais aimée. »

Elle retint un sanglot. Mais le pire, c'était qu'il voulait aussi exploiter le bébé. Il avait parlé d'un élevage ! Axifelle fut traversée par un frisson. Elle releva la tête : il fallait qu'elle parte. Elle se trouvait plus lucide qu'elle ne l'avait jamais été.

Axifelle se barricada dans la chambre en poussant un meuble devant la porte close, puis elle ouvrit la penderie. Trois valises étaient alignées au fond. Elle en saisit une au hasard et y enfonça des vêtements qu'elle arrachait des cintres. Une fois qu'elle fut pleine à craquer, Axifelle la boucla en faisant claquer les fermoirs. Puis, elle se dirigea vers la table de chevet d'Arken. Elle croyait savoir qu'il y rangeait un coffret où il gardait quelques économies. Il préférait avoir toujours de l'argent liquide sur lui. Elle essaya d'ouvrir le coffre, mais il était verrouillé. Axifelle examina les tablettes. Elle remarqua une petite boîte à bijoux métallique au fond du meuble. Arken ne portait pas de bijoux. Axifelle l'ouvrit avec fébrilité ; une clé minuscule s'y trouvait. Elle la prit et la ficha dans la serrure du coffret. La clé tourna sans difficulté, et le couvercle s'ouvrit. Axifelle saisit les billets, referma le coffret et replaça la clé dans la boîte.

Elle compta l'argent. Il y avait douze mille rahas ; de quoi tenir quatre ou cinq mois, pour ce qu'elle en savait. Il lui faudrait trouver un logement bon marché et réduire ses dépenses au strict minimum. Elle hocha la tête, satisfaite : c'était suffisant pour lui permettre de subvenir à ses besoins jusqu'à la naissance du bébé. Après cela, elle verrait.

Elle glissa les billets dans la poche de sa robe et prit la valise. Sans bruit, elle descendit l'escalier et fila jusqu'au hall d'entrée. Elle chaussa ses bottes, jeta une pèlerine sur ses épaules et ouvrit la porte.

Ce n'est qu'une fois à l'extérieur qu'elle réalisa à quel point elle aurait de la difficulté à s'enfuir. Des images de l'autre monde apparurent par flashes devant ses yeux, embrouillant son esprit. Elle secoua la tête d'un geste vif et empoigna sa valise. Il fallait qu'elle s'éloigne de la maison le plus rapidement possible.

La confusion due au syndrome s'avéra d'une aide insoupçonnée pour Axifelle. Elle erra dans Hyemalis jusqu'au soir, passant d'un quartier à l'autre, marchant sous les ponts et dans des ruelles désaffectées. Avec son itinéraire labyrinthique, elle brouillait elle-même les pistes. La nuit venue, atteignant la périphérie de la ville, elle trouva un hangar abandonné dans lequel, épuisée, elle se réfugia. Tant qu'elle serait à Hyemalis, elle avait résolu de ne pas louer de chambre, afin de ne laisser aucune trace de son passage. La tête appuyée sur sa valise, sa cape tirée jusqu'au menton telle une couverture, Axifelle se répéta plusieurs fois les paroles d'Arken qu'elle avait surprises, afin que celles-ci s'impriment dans sa tête et qu'elle ne les oublie pas.

Les jours suivants, elle s'employa à s'éloigner le plus possible de la capitale. Elle savait qu'Arken mettrait la police à ses trousses, aussi s'efforçait-elle de se fondre dans la foule et d'agir le plus normalement possible. La concentration qu'elle dut déployer lui coûta des efforts titanesques. Elle prit le train et arriva dans la grande ville de Lastenkia, à deux cents kilomètres de la capitale. Là, elle conclut qu'elle serait en sécurité. De toute façon, à vivre dans les motels et à voyager ainsi, une partie de ses économies avait été grugée ; il ne lui restait plus que dix mille rahas pour tenir jusqu'à l'accouchement. Axifelle trouva donc un deux-pièces à louer dans un immeuble quelconque, perdu dans le quartier pauvre de la ville. Elle s'y enferma. Craignant d'être repérée, elle ne sortait que pour aller acheter de la nourriture. Son appartement était un véritable capharnaüm : les vêtements sales n'étaient jamais lavés, la viande pourrissait sur le comptoir, et des morceaux de verres cassés qu'Axifelle avait oublié de ramasser jonchaient le sol de la cuisine.

Lorsqu'elle atteignit son huitième mois de grossesse, elle se rendit à l'évidence : elle serait inapte à prendre soin de l'enfant. Elle n'était même pas capable de s'occuper d'elle-même. Depuis la mort de ses parents, elle n'avait jamais vécu seule : elle était passée dans trois familles d'accueil, avant d'être placée dans une pension pour individus atteints de troubles mentaux. Puis, elle s'était mariée à Arken, qui avait veillé sur elle. Elle réfléchit et une solution lui vint à l'esprit. Après avoir beaucoup pleuré, Axifelle se présenta, deux jours plus tard, à l'orphelinat de Lastenkia. C'était, disait-on, l'un des plus importants de la Tuuli. La responsable des admissions traita sa requête.

— Quel est votre nom ?

Axifelle hésita, avant de répondre.

— Puis-je ne pas le donner ?

La femme lui sourit.

— C'est comme vous voulez, madame. Si vous désirez préserver votre anonymat, c'est possible.

— Je préférerais cela, oui. Je vous remercie.

— Êtes-vous seule ?

Axifelle ne réagit pas ; elle regardait dans le vide. La femme l'interpella, et Axifelle sursauta. Elle était fatiguée, mais elle se concentra, en songeant qu'elle faisait tout cela pour le bébé. La femme répéta sa question.

— Que voulez-vous dire ? demanda Axifelle, sur la défensive.

— L'enfant doit avoir un père, non ?

Axifelle rougit en pinçant les lèvres.

— Je... je l'ai quitté. Je suis seule désormais.

— Je comprends. Et pourquoi désirez-vous donner l'enfant en adoption ?

— Je suis inapte à m'en occuper. J'ai des problèmes, là.

Elle pointa sa tête du doigt. La femme fronça les sourcils.

— S'agit-il d'une maladie transmissible génétiquement ?

— Je l'ignore, murmura Axifelle en baissant la tête. J'espère que non.

La femme continua de consigner des notes dans le dossier. De temps à autre, elle posait une question, mais Axifelle ne répondait pas toujours. Malgré ces difficultés, elle parvint enfin à la dernière ligne du questionnaire.

— Le bébé..., dit-elle, cherchant l'attention d'Axifelle, souhaitez-vous choisir son nom ? Il sera plus facile ensuite pour vous de le retrouver, si un jour vous désiriez le rencontrer.

Épuisée par tant d'efforts mentaux, Axifelle relâcha sa vigilance.

— Madame, voulez-vous lui donner un nom ?

— Un nom..., répéta Axifelle, d'une voix monocorde. Son nom... est... Arken...

***

Parce qu'elle jugeait les problèmes d'Axifelle trop sévères, la responsable des admissions lui proposa de passer les derniers jours de sa grossesse sur place, à l'orphelinat. Comme un hôpital, l'établissement possédait son propre département d'obstétrique, ce qui lui permettait d'offrir un meilleur service aux mères donneuses. Soulagée d'être prise en charge, Axifelle accepta. Elle retourna à son appartement prendre les effets personnels dont elle aurait besoin durant son séjour — essentiellement des vêtements — et elle s'installa dans la chambre privée qu'on lui avait assignée. Elle put s'abandonner à ses visions sans craindre de mettre sa vie ou celle du bébé en danger. Le fait d'avoir dû se concentrer aussi longtemps l'avait exténuée.

Trois semaines plus tard, le 16 juin 1949, elle accoucha d'un petit garçon. Elle le tint longtemps contre elle, avant d'accepter de le remettre à l'infirmière. Lorsque celle-ci franchit le pas de la porte, emportant son enfant, Axifelle éclata en sanglots. Elle savait toutefois que c'était ce qu'il y avait de mieux à faire pour son fils. De plus, le risque qu'Arken la retrouve demeurait. Si cela devait arriver, le bébé ne tomberait pas entre ses mains.

Après l'accouchement, Axifelle retourna dans son appartement miteux. Elle s'y morfondit, rongée par la culpabilité. Oubliant de se nourrir, elle maigrit. Ne remarquant pas les tessons de verre sur le sol de la cuisine, elle marcha dessus et se coupa la plante des pieds. Négligeant de se laver, ses plaies s'infectèrent. De jour en jour, elle sombrait dans une déchéance mentale et physique qui semblait irrémédiable. Or, au milieu du mois de juillet, un homme cogna à sa porte ; sa venue allait changer bien des choses. C'était Arken.

***

Axifelle ne se souvenait plus de la semaine qui avait suivi son retour. Par contre, elle se rappelait le moment où Arken s'était assis sur le lit près d'elle pour lui expliquer enfin en quoi consistait ce mal dont elle était atteinte, ce syndrome du pulsar. Ces explications, qui s'ajoutaient à ce qu'elle avait appris quelques mois auparavant en surprenant cette sinistre conversation téléphonique, l'éclaireraient sur son état.

« Seigneur, je suis un monstre ! avait-elle pensé à ce moment-là. Non… ce n'est pas ça… C'est Arken, le monstre. »

Ils s'étaient ensuite retrouvés tous les deux au sous-sol, qu'Arken utilisait pour bricoler le Silmää. Il lui avait dit :

— Nous nous placerons dans la machine, et tout ce que tu auras à faire sera d'y rester. C'est très important. Si tu quittes l'engin, je ne serai plus en mesure de revenir ici.

« Plus en mesure de revenir... », s'était répété Axifelle. Son cœur s'était mis à battre la chamade.

— Tu as bien compris ? avait ensuite demandé Arken.

Axifelle avait souri.

— Oui, tout à fait.

Lorsque Arken avait étendu son corps sur le sien, elle avait éprouvé de la répugnance, mais s'était retenue de la montrer, demeurant inerte et obéissante. Le Silmää avait grondé durant plusieurs secondes, avant qu'un lourd déclic ne retentisse. D'un seul coup, Arken s'était volatilisé. Elle avait senti le corps de son mari disparaître. Elle avait examiné la pièce pour s'assurer qu'Arken n'était plus là. Une silhouette blafarde se trouvait debout près du Silmää, comme un fantôme. Axifelle n'avait pas perdu une seconde. Elle avait fait passer ses jambes par-dessus le bord de la couchette et s'apprêtait à sauter en bas lorsqu'elle s'était sentie agrippée par la taille. Au même moment, une douleur foudroyante avait explosé dans tout son corps. Elle était tombée en avant.

Après, il n'y avait plus rien eu.

Shila fut étonnée de voir Myko débarquer en catastrophe dans la salle de commandement. Ce qu'il rapporta de sa visite de la bibliothèque avec Axifelle l'affola. Elle le saisit donc par le bras, l'entraînant dans les corridors de la Zone A jusqu'aux appartements d'Axifelle, là où les gardes l'avaient raccompagnée.

Lorsqu'ils entrèrent, ils virent Axifelle couchée en travers de son lit, le visage dans les mains. Shila s'approcha et s'assit près d'elle :

— Ça va ?

Axifelle acquiesça, mais n'osa pas se retourner.

— Tu pleures ?

Axifelle poussa un long soupir. Elle finit par se redresser. En voyant Myko debout contre la porte, elle hoqueta de surprise.

— Myko ! Je... je...

— Ça va, Axifelle, fit-il en s'asseyant dans un fauteuil. Si ça se trouve, je suis aussi confus que toi. Est-ce qu'on peut en parler, s'il te plaît ? Il y a des tas de trucs que je ne comprends pas.

— Ou... oui, bien sûr...

Shila se trouvait entre les deux. Elle orchestrerait la discussion.

— D'après Myko, commença-t-elle, tu aurais découvert que son grand-père était ton fils. Tu as donc eu un enfant ?

— Oui, quelques mois avant de... mourir.

— Étant donné que tu étais mariée avec Arken, je présume que...

— ... c'est lui le père, la coupa Axifelle. C'est exact.

Myko fixait le sol, troublé. Shila l'observa à la dérobée : une moue de dédain se dessina sur son visage.

— Je suis lié par le sang à ce fou de Nyska..., murmura-t-il. Ce n'est pas vrai...

— Le professeur Nyska... a-t-il su, pour le bébé ? demanda Shila.

— Il savait que j'étais enceinte. À mon sixième mois de grossesse, j'ai surpris une de ses conversations. Ses projets pour le bébé et moi m'ont épouvantée. J'ai donc fui. Je me suis terrée à Lastenkia, une ville assez éloignée d'où nous habitions, et j'y ai mené ma grossesse à terme. Je ne pouvais garder l'enfant. Je ne connaissais personne vers qui me tourner à l'époque, personne d'autre qu'Arken. Après ce qu'il m'avait fait, je ne comptais pas le revoir. Mes parents étaient morts. Et à ce moment-là, à cause de ma maladie, j'avais de la difficulté à m'occuper de moi-même. Alors, un bébé...

— Donc, tu l'as placé dans un orphelinat.

— Oui, et j'ai dit ensuite à Arken qu'il était mort-né. Je ne pouvais faire autrement, pour le bien de l'enfant. Mais par un concours de circonstances, les gens d'Apikela semblent l'avoir pris à bord de l'Area. Et la suite, tu la connais.

— Mais comment peux-tu être certaine que c'est bien ton fils?

— Sur l'extrait de naissance que Myko m'a montré, il y a une date de naissance. Mon enfant est né à la même date. Et je suis parvenue à lire « Orphelinat de Lastenkia » sous les biffures.

— Quel hasard tout de même qu'ils aient décidé de le prénommer Arken, comme son propre père!

— J'étais confuse lorsqu'on m'a questionnée, à l'orphelinat. Il est possible que j'aie mentionné son nom sans le vouloir.

Elle se tut et garda le silence un moment. Shila finit par conclure.

— Donc, tu es l'arrière-grand-mère de Myko.

Axifelle se tourna vers celui-ci.

— Je suis désolée de ma réaction, tout à l'heure, Myko... Cet enfant, je ne voulais pas le confier à l'orphelinat, mais je n'avais pas le choix. J'aurais tellement aimé le garder, en prendre soin... Et là, tout d'un coup, je découvre quelle vie il a eue. J'apprends sa mort, alors que moi-même je revis. Quel cauchemar ! Et surtout, je me retrouve avec toi en face de moi, toi qui es mon descendant...

Soudain, Axifelle sursauta, les yeux ronds.

— Oh !

— Qu'est-ce qu'il y a, Axifelle ? demanda Shila.

— Non, ce n'est pas vrai !

Axifelle bondit du lit et se mit à arpenter la pièce d'un pas nerveux.

— Mais qu'est-ce qui se passe ? répéta Shila.

Axifelle s'approcha de Myko en se tordant les mains.

— Myko, tu es en danger ! Tu es sûrement un pulsar, toi aussi !

— Un pulsar ?

— C'est la maladie dont j'étais atteinte, avant de mourir. L'un des symptômes consistait à passer à l'occasion dans un autre univers. C'est ça qui intéresse Arken !

Myko porta la main à sa bouche.

— Oh non...

— Tu as mes gènes ! Il ne faut pas qu'Arken le découvre !

Shila se leva à son tour et enveloppa les épaules d'Axifelle de ses bras. Celle-ci tremblait de tous ses membres, prête à s'effondrer.

— Allons, Axifelle, calme-toi. Tout va bien. Nous allons arranger ça.

— Il va falloir le protéger comme vous l'avez fait pour moi, Shila...

Axifelle posa sur Myko un regard navré. Il paraissait s'être mué en statue, écrasé par le choc dans son fauteuil.

— Moi, je n'en suis plus capable, dit-elle, mais il est probable que toi, Myko, tu sois en mesure de passer dans un autre monde.

***

De longues minutes s'écoulèrent ; l'angoisse était palpable. Myko s'était plié dans son fauteuil, la tête dans les mains. Shila laissa alors Axifelle et tira une chaise pour s'asseoir en face de lui. Elle l'observait avec inquiétude.

— Myko... ça va ?

— ...

— Parle-moi...

— Je n'ai rien à dire.

Shila soupira. Elle approcha sa chaise, en silence. Elle appuya son front contre le sien, et caressa ses joues.

— Tu comprends tout ce que ça implique, n'est-ce pas, Myko ?

— Je ne sais pas... Cette histoire de monde parallèle... ça m'effraie.

— Axifelle dit que tu es en danger, reprit Shila avec appréhension. Que c'est pour le syndrome du pulsar que Nyska la manipule. S'il venait à savoir que tu l'as aussi...

Myko se redressa.

— Et si je ne l'avais pas, cette faculté ? C'est vrai : il y a des maladies héréditaires qui sautent des générations, ou qui se transmettent uniquement de mère en fille !

— Il faudrait que tu fasses un test d'ADN, répondit Shila.

— Nos médecins savent faire ça, sur le vaisseau ?

— Non, je ne crois pas.

Myko baissa la tête.

— Je ne veux pas être un pulsar...

— L'autre monde, tu as l'impression d'y être, des fois ?

Myko haussa les épaules. Axifelle s'avança.

— Vous savez, dit-elle, je ne m'en rendais pas vraiment compte, lorsque je passais dans l'autre univers. Ça se fait à une vitesse phénoménale, en une fraction de seconde. Mais parfois, j'avais des flashes. Je voyais un genre de savane avec de grands chevaux.

— Et toi, Myko, tu l'as vue, cette savane ?

— Je ne crois pas, Shila. Mais mes étourdissements, mes évanouissements à répétition... Tu penses que ça peut être lié, Axifelle ?

— C'est difficile à dire, répondit-elle. Arken le saurait sans doute, mais il est hors de question de le lui demander.

— Et aussi, je sens souvent que ma place n'est pas ici, dans ce monde.

— Mais ça, c'était par rapport à ton sentiment d'humain exilé de la Terre, non ? fit remarquer Shila.

— C'est ce que je croyais...

— Ce malaise, il a disparu depuis que nous avons atterri ?

— Je n'en sais rien...

Axifelle, soucieuse, leur confia ceci :

— Je crois que tu es atteint, Myko. Tantôt, j'ai posé ma main sur ton bras, et j'ai eu une sensation très familière. J'ai eu l'impression que je tombais dans la lune, comme autrefois. Le syndrome est censé être « contagieux ».

Elle se tourna vers Shila.

— Tu es sa copine. Ne ressens-tu rien de bizarre lorsqu'il te serre contre lui ?

Shila rougit.

— Non... Enfin, si... Comme si j'étais... je ne sais trop... Disons : aspirée. Mais n'est-ce pas cela que l'on ressent lorsqu'on est amoureux ?

Axifelle lui sourit.

— Oui, peut-être. Ah, je ne sais plus ! Au fond, je suis le seul pulsar qui ait été diagnostiqué. Et Myko, tu ne présentes aucun des symptômes que j'avais lorsque j'étais un pulsar dit « fonctionnel ». Tu n'as pas de troubles de concentration ou de pertes de mémoire. Peut-être ne disparais-tu pas du tout, ou, à tout le moins, pas à une fréquence aussi importante que la mienne ?

Myko acquiesça. Il eut soudain un air alarmé.

— Eksila ! Il a de sérieux problèmes de concentration depuis son accident ! C'est mon cousin, il est donc également porteur du gène !

— Pas lui aussi..., dit Shila.

Elle réfléchit un moment, se leva, puis exposa les mesures à prendre.

— Nous allons passer au peigne fin l'arbre généalogique de l'Area pour découvrir tous ceux qui sont susceptibles de posséder le gène du pulsar. Axifelle, veux-tu être notre spécialiste des questions liées au syndrome du pulsar ? Il nous faut un maximum d'informations. Tu pourras juger de l'état des pulsars potentiels. Ça te permettra par la même occasion de faire connaissance avec tes descendants.

Axifelle hocha la tête en signe d'assentiment.

— Myko, je veux que tu restes près de moi en tout temps. Je serai ton garde du corps.

Shila l'interrogeait des yeux.

— D'accord, murmura-t-il. Je te fais confiance.

Elle lui sourit et l'embrassa.

— Et si tu devais vraiment être un pulsar, il faut que tu saches : peu importe ce que tu es, je t'aime.

chapitre 24

— Pare à droite, pare à gauche, avance vers moi et riposte !

Myko, faisant de son mieux pour suivre les consignes de Shila, trébucha contre le pied de celle-ci et s'étala de tout son long sur le sol. Il échappa son sabre d'entraînement, ce qui produisit un claquement sec. Il jura.

Myko se remit en position et répéta la suite de mouvements que Shila tentait de lui apprendre.

Depuis la matinée, elle ne le quittait plus d'une semelle. Il essayait de se concentrer sur la leçon de sabre, mais son esprit s'égarait constamment : évanouissements, visions, mondes parallèles, pulsars, Axifelle, Eksila, malaise, dépression... Les concepts se mêlaient aux visages dans une danse effrénée et troublante. Tel un leitmotiv, une idée lui fouettait les tempes et brouillait son esprit : « Je suis un pulsar... Je suis un pulsar... »

Il chuta encore une fois.

Shila lui tendit la main.

— Prends une pause, Myko.

— Non.

— Tu es fatigué, cela ne sert plus à rien. Nous reprendrons plus tard. Je vais m'exercer un moment seule, d'accord ?

Myko, résigné, acquiesça. Il recula vers le mur sur lequel était accrochée la panoplie d'armes utilisées par les Aréiens, et se laissa choir contre celui-ci.

Sabre et poignard à la main, Shila se plaça dos au miroir et commença à exécuter un enchaînement qu'elle paraissait maîtriser parfaitement. Les mouvements se succédaient avec fluidité et précision. Les lames décrivaient des ellipses dans l'espace et produisaient des sifflements rythmés. Shila pivotait sur elle-même, la tête toujours plus rapide que le corps ; elle se déplaçait sur sa gauche, sur sa droite... Elle reculait et abaissait son sabre à l'horizontale. On aurait dit une danse. Myko l'observait, hypnotisé. La chorégraphie dura beaucoup plus longtemps que ce qu'il parut à Myko.

Lorsqu'elle eut terminé, Shila glissa son sabre dans sa ceinture, mais conserva son poignard, qu'elle tint à la verticale devant elle. Elle colla son autre main sur la lame et salua son adversaire virtuel. Le visage mouillé de sueur, elle se tourna vers Myko et lui sourit. Il voulut lui faire un compliment sur sa prestation, mais, au même moment, des coups retentirent contre la porte de la salle d'exercice.

Un des gardes présents dans la salle saisit la poignée. Ses acolytes se placèrent devant Myko, la main fermée sur le pommeau de leur sabre, qu'ils avaient tiré à moitié de leur fourreau.

La porte s'ouvrit, et une Aréienne entra. Les soldats rengainèrent leurs armes. La femme exécuta une révérence puis tendit des documents à Shila.

— Commandante, déclara-t-elle, nous avons terminé de dépouiller les archives généalogiques de l'équipage du vaisseau. Voici les actes de naissance des enfants et petits-enfants du dénommé Arken, zoné B de la première génération.

Myko s'approcha pour prendre aussi connaissance de l'identité des pulsars potentiels.

Arken fils avait engendré deux filles. La première n'avait eu que Myko, et la seconde, deux fils, Kimi et Eksila. Il ne restait plus, sur les six descendants d'Axifelle, qu'Eksila et lui-même.

Shila laissa les feuilles à Myko.

Elle se dirigea vers le mur couvert d'armes. On en avait récemment suspendu une nouvelle à côté des autres: la matraque électrique que Shila avait prise à un garde ennemi, sur la base d'Apikela. Elle la décrocha de son support et revint vers Myko.

— Viens avec moi, dit-elle.

Il la suivit dans un coin de la salle, où un petit lavabo permettait aux soldats de se désaltérer et de se rafraîchir le visage après leur séance d'entraînement.

— Pourrais-tu me remettre les actes de naissance, s'il te plaît?

— Oui, bien sûr.

Shila les saisit du bout des doigts et les tint au-dessus de la cuve émaillée. Elle enclencha le bouton de mise en marche de la matraque.

— Qu'est-ce que tu fais?

Shila approcha la matraque du bas des feuilles et répondit:

— Je fais disparaître des documents compromettants. Sans piste pour la lui révéler, Nyska ne pourra pas découvrir votre véritable nature, à Eksila et toi.

À son contact, les éclairs enflammèrent le papier immédiatement. Le feu répandit dans l'air une pâle fumée. Shila lâcha les fragments noircis, qui achevèrent de se consumer dans l'évier. Lorsqu'il ne resta plus que des cendres, elle fit jaillir l'eau des robinets.

Shila essuya ses doigts tachés de suie sur sa combinaison et se tourna vers Myko en souriant. Celui-ci ressentit un immense soulagement. Il était toujours un pulsar. Mais personne n'en saurait rien.

Une semaine passa sans qu'Apikela se manifeste.

Il était 2 h 30 du matin. Les tubes fluorescents des couloirs jetaient une pâle lumière sur les artères de la Zone A. Durant la nuit, éclairage et chauffage tombaient en mode de veille, afin d'économiser l'énergie. C'était d'autant plus important maintenant que les Aréiens ne pouvaient plus compter que sur celle emmagasinée par les panneaux solaires. Depuis leur arrivée, Shila, Laris et le pilote avaient bien tenté à quelques reprises de faire redémarrer les réacteurs du vaisseau, mais il fallait se rendre à l'évidence : les moteurs étaient également contrôlés par Apikela.

Le froid était pénétrant.

Les membres de l'équipage, emmitouflés dans leurs couvertures, dormaient à poings fermés à cette heure avancée de la nuit. Seuls demeuraient éveillés les soldats postés en faction devant la chambre d'Axifelle et celle de Shila et Myko, ceux qui montaient la garde près du sas rafistolé, ainsi que les techniciens radars qui scrutaient l'horizon noir de leurs yeux fatigués. Ils avaient revêtu une veste par-dessus leur uniforme, mais, malgré cela, ils grelottaient. Leur cerveau et leurs réflexes fonctionnaient au ralenti.

Les corridors de la Zone A étaient déserts et silencieux. Enfin, presque silencieux : si l'on était attentif, on percevait un chuintement étrange qui s'apparentait, en plus fort, au bruit que ferait un enfant soufflant sur ses doigts pour les réchauffer. Un grand « clang ! » retentit soudainement : cela réveilla net le couple qui dormait dans la chambre la plus proche. La porte de leur appartement s'ouvrit, et l'homme passa la tête par l'interstice. Il scruta les alentours et remarqua, un peu plus loin, un trou rectangulaire dans le mur, dont les contours irréguliers rougeoyaient et, par terre, la plaque de métal découpée. C'était elle qui, en tombant, avait fait ce bruit. L'homme mit quelques secondes à s'expliquer la scène.

« On a percé la carlingue du vaisseau avec une torche ! » comprit-il, paniqué.

Un premier Apikélien bondit devant lui et plaqua sa main sur sa bouche. Un second l'obligea à avancer dans le couloir en lui enfonçant une matraque éteinte entre les omoplates. L'Aréien s'exécuta, ses yeux affolés roulant en tous sens. Un troisième garde se planta devant lui.

— Pouvez-vous nous dire où est détenue Axifelle Valtari-Nyska ?

Le zoné A regarda autour de lui. Les Apikéliens étaient huit. Il secoua la tête de gauche à droite.

— Dans ce cas, vous ne nous êtes d'aucune utilité.

L'Apikélien posté derrière lui enclencha le bouton de sa matraque et en appuya le bout d'un geste rapide à quelques endroits dans le dos de sa victime. Celle-ci s'effondra aussitôt, les yeux révulsés. Le tissu du pyjama était troué de trois cercles noirs qui grésillaient.

La femme glissa à son tour la tête hors de sa cabine. Elle poussa un cri d'épouvante lorsqu'elle aperçut son mari affaissé sur le sol. Un garde repoussa la porte et immobilisa la femme avec une clé de bras. Il lui murmura à l'oreille :

— Gardez le silence si vous ne voulez pas vous retrouver avec les deux bras cassés.

Elle acquiesça.

Un autre garde la prit par le menton et la força à le regarder dans les yeux.

— Axifelle Valtari-Nyska... vous savez où elle se trouve ?

La femme respirait très vite et ne répondit pas. Le garde pointa l'homme mort, au pyjama troué.

— Vous désirez subir le même sort que votre mari ?

Elle secoua la tête en gémissant.

— Dites-nous, alors.

— Elle... elle est gardée dans une chambre près de celle de la commandante, dans l'aile tribord du vaisseau. Vous devez prendre le corridor ici jusqu'au bout et continuer à gauche après la salle de commandement. L'endroit est facile à reconnaître, car plusieurs soldats aréiens en surveillent l'entrée.

— Je vous remercie pour ces précieux renseignements, madame, dit l'Apikélien en souriant. C'est très gentil à vous. Maintenant, je vous souhaite une bonne nuit... pour ce qu'il en reste.

Il fit un signe de la tête à son collègue, et ce dernier libéra la femme. Elle se massa les poignets, puis, regardant le cadavre de son époux, recula vers le seuil de son appartement, terrifiée. Avant qu'elle n'ait pu l'atteindre, elle s'écroula à son tour. L'arrière de sa nuisette fumait.

Les Apikéliens traînèrent les corps à l'intérieur du logis et refermèrent la porte doucement. À pas de loup, ils s'engagèrent dans le couloir, en suivant l'itinéraire qui leur avait été indiqué.

***

Lorsque Shila et Myko lui avaient présenté Eksila, Axifelle avait été troublée d'apprendre qu'elle possédait un descendant aussi jeune. Celui-ci lui avait semblé si fragile avec sa jambe fracturée et ses idées brouillées, si semblable à elle-même à l'époque où elle était affectée par le syndrome, qu'elle avait craqué pour lui.

Shila avait décrété que la meilleure façon de garder le secret d'Eksila serait de faire les innocents. À part Shila, Myko, Laris, Axifelle et les quelques individus qui avaient épluché les archives, personne n'avait été mis au courant. De plus, les actes de naissance avaient été brûlés. Arken n'avait aucune chance de découvrir la vérité. Eksila resta donc à l'infirmerie, sans protection particulière, si ce n'était celle des infirmiers qui se succédaient à son chevet pour se consacrer à ses soins. Axifelle avait reçu l'autorisation de Shila de le visiter tous les jours. Elle avait pu expliquer à son père, Heiki, ce que signifiait être un pulsar. Ce syndrome s'ajoutant aux séquelles de son traumatisme crânien, il y avait lieu de craindre un avenir difficile pour Eksila. Heiki était dévasté.

Cette nuit-là, le sommeil avait tardé à emporter Axifelle. Elle avait longuement songé à Eksila et à tout ce qui l'attendait dans la vie. Elle commençait à peine à s'assoupir lorsqu'elle entendit des exclamations devant la porte de sa chambre. Elle reconnut des bruits de lutte.

Au prix de trois de leurs hommes, les Apikéliens réussirent à se débarrasser des soldats aréiens qui gardaient la porte d'Axifelle. Ils pénétrèrent dans la chambre et la trouvèrent là, debout, brandissant sa lampe de chevet en guise d'arme. Elle était pétrifiée par la peur.

— Elle est là ! s'écria un garde à ses collègues.

Les cinq hommes envahirent la pièce.

— Nous sommes venus vous sauver, madame Nyska, dit celui qui l'avait aperçue le premier.

Axifelle posa sa lampe sur son lit. Muette et obéissante, elle se laissa entraîner par les gardes à la solde d'Arken dans les couloirs de la Zone A.

Le hall de la base, éventré quelques jours auparavant par Hynamë, était en reconstruction. Des bâches avaient été tirées et on avait cloué des planches de bois pour empêcher le vent d'entrer, en attendant l'arrivée des matériaux qui viendraient de Hyemalis par avion. Comme il était tard, le chantier se trouvait désert.

En réintégrant le quartier général d'Apikela, Axifelle eut l'impression d'être un animal en fuite rentrant à l'abattoir.

Elle se laissa guider dans les couloirs par les hommes qui étaient venus la récupérer. Ils la firent entrer dans une chambre et refermèrent la porte derrière elle.

Quelques heures plus tard, on permit à Axifelle de sortir de sa chambre. Les gardes reprirent leur marche dans les corridors. L'avancée du cortège était suivie avec intérêt par les scientifiques, qui se pressaient dans le cadre de la porte de leur laboratoire. Ils contemplaient Axifelle comme des fauves leur proie.

Ils atteignirent enfin le bureau d'Arken.

On la poussa à l'intérieur. Arken, avec son sourire édenté de démon, se leva. Il claudiqua avec sa canne et vint presser les mains d'Axifelle entre les siennes. La proximité de son corps, rappelant à celle-ci leur dernière entrevue où il s'était allongé sur elle, la dégoûta.

— Ah! Axifelle, s'exclama Arken, te voilà de retour chez toi! Tu m'as manqué... Tu peux dire merci à mes gardes, ainsi qu'à Kylma, qui a organisé cette mission pour te sortir des griffes de l'ennemi. Grâce à nos contacts en aéronautique dans la capitale, nous avons déniché cette immense foreuse qui nous a permis de percer la carlingue de l'Area. Aussi, plusieurs dizaines d'hommes viennent d'arriver, pour regarnir nos rangs. On ne sait jamais avec ces Aréiens: ils sont imprévisibles et pourraient décider de lancer une attaque contre la base pour se venger, maintenant qu'ils t'ont perdue. Kylma s'est montré tellement convaincant que nous aurons plus de monde qu'il nous en faut. J'espère qu'en temps voulu, tu sauras le récompenser de belle façon pour son dévouement.

Axifelle laissa échapper un gémissement sourd. Arken poursuivit.

— Tu m'as beaucoup déçu, après ton retour à la vie, mais sache que j'ai des projets pour toi. Je sais à quel point la perte de notre enfant t'a bouleversée. Alors, bonne nouvelle: j'ai décidé que tu pourrais tomber de nouveau enceinte. Bien sûr, je suis trop vieux pour remplir mon devoir conjugal. Mais oublions un peu les règles de bienséance ; Kylma te fera un partenaire plus fringant que moi.

— Je ne sais que trop bien pourquoi tu veux cet enfant ! Jamais je n'accepterai de me plier à tes desseins !

— Mais je ne te demande pas ton avis, Axifelle.

Elle lui lança un regard de défi.

— Le pantin que tu pouvais manipuler à ton gré est mort. J'ai toute ma conscience désormais. Je ne suis pas ta chose.

— En fait, à moins que tu ne puisses te défendre contre mon corps de garde au grand complet, oui, tu l'es toujours. Il existe différents moyens d'obtenir ce qu'on veut de quelqu'un, Axifelle. J'ai toujours eu ce que je désirais avec toi, et cela ne changera pas aujourd'hui.

Axifelle éclata alors.

— Je n'appartiens qu'à moi, Arken !

De colère, elle le poussa de toutes ses forces. Il trébucha et faillit s'étaler sur le carrelage, mais un garde retint sa chute. La canne quadripode demeura quant à elle debout bien droite près de lui. Les autres hommes d'Arken se jetèrent sur Axifelle pour la calmer. Elle se débattit avec vigueur, tentant de se soustraire à leur poigne. Un garde l'immobilisa contre lui, le bras passé sous sa gorge. Axifelle continua de protester, mais son bourreau resserra sa prise et elle se tut : elle était maîtrisée.

— Conduisez-la à sa chambre.

Arken se releva avec peine.

— Et je veux que vous exerciez une surveillance constante sur elle. Pas de ratés comme la dernière fois, je me fais bien comprendre ?

— Oui, professeur Nyska ! répondit le garde, avant de quitter la pièce avec ses compagnons.

Axifelle venait, à son corps défendant, de retomber sous le joug d'Arken.

***

De grands coups résonnèrent contre la porte de la chambre que partageaient Shila et Myko. Tous deux s'éveillèrent en sursaut, quittèrent leur lit et sautèrent dans leurs vêtements. À travers la porte, on entendit :

— Commandante ! Ils ont pris Axifelle !

Shila jura. Elle attacha sa ribambelle d'armes autour de sa taille et se précipita vers la porte. Avant de sortir, elle dit à Myko :

— Ne bouge pas d'ici ! Je reviens !

Un soldat blessé l'attendait dans le couloir, entouré des gardes du corps qui surveillaient jusqu'alors les appartements d'Axifelle. Ses vêtements étaient noircis par endroits et son bras gonflé de cloques pendait sur son flanc. Shila l'interrogea.

— Qui a fait ça ?

— Des hommes portant la combinaison d'Apikela. Ils étaient huit lorsqu'ils sont arrivés devant la chambre d'Axifelle, et cinq d'entre eux ont réussi à y pénétrer.

— Ne l'avez-vous pas défendue ? réprimanda Shila.

— Ils nous ont pris par surprise. Nous avons pu en tuer trois. Je suis le seul survivant aréien. Leurs armes sont vraiment efficaces.

D'autres soldats arrivèrent au pas de course. Shila se tourna vers eux.

— Au rapport, commandante! annonça l'un d'eux. L'ennemi vient de quitter le vaisseau!

— Mais comment a-t-il pu y pénétrer? Je le croyais bien gardé.

— Ils ont découpé une ouverture dans la carlingue, dans l'aile bâbord de la Zone A. Nous pensions la paroi indestructible. Ils ont dû utiliser une torche gigantesque pour y parvenir...

Shila souffla de colère.

— Ils peuvent donc entrer où bon leur semble... Ce vaisseau est une vraie passoire... Nous ne sommes plus en sécurité.

Elle releva la tête.

— Indiquez-moi l'endroit où le fuselage a été percé. Quand nos ennemis ont-ils quitté le vaisseau?

— Il y a quelques minutes à peine.

— Allons-y.

Shila et ses gardes se précipitèrent dans le couloir. Devant la porte de la chambre qu'avait occupée Axifelle, ils durent sauter par-dessus plusieurs corps, pour la plupart vêtus d'uniformes vert et noir. Il y avait peu de sang sur le sol, sauf autour des trois cadavres apikéliens ; les victimes aréiennes, elles, avaient la peau boursouflée, les vêtements noircis, les cheveux dressés sur la tête.

« Mes soldats se sont fait surprendre comme des débutants…, songea Shila. Les alertes ne cessent de s'enchaîner depuis quelques mois, ils sont exténués. Nous ne pouvons pas rester ici. Et sans Axifelle, Unelmyna n'est définitivement plus à notre portée. Peut-être aurait-il mieux valu accepter ces logements sociaux à Hyemalis… Maintenant, le professeur Nyska ne nous donnera sans doute même plus cela. »

Ils passèrent devant la salle de commandement. Du coin de l'œil, Shila put voir les techniciens radars se disputer, s'imputant l'un à l'autre la faute d'avoir laissé s'introduire des ennemis dans le vaisseau.

« Même la cohésion de l'équipage ne tient plus…, s'inquiéta Shila. Si je laisse les choses se dégrader davantage, nous courons à la catastrophe. Et dans ce cas, Aniki aura eu raison de réclamer ma révocation du poste de commandante… »

Ils arrivèrent enfin à destination. De la brèche soufflait un vent glacial qui prit Shila à la gorge. Le trou formait une porte aux contours irréguliers. Près de la plaque métallique tombée en travers du couloir, une petite dune de neige aux lignes pures s'était formée. Shila s'approcha de l'ouverture et se pencha vers l'extérieur : des traces de pas imprimées dans la croûte blanche s'éloignaient du vaisseau.

chapitre

27

Au petit matin, tous sur l'Area savaient qu'Axifelle s'était envolée. La peur, l'angoisse, mais aussi la colère s'installèrent dans les esprits déjà affaiblis par l'adversité. Il y avait une grande agitation au sein de l'équipage. Aniki jugea idéal le moment pour salir un peu plus la réputation de Shila.

— Si rien n'est fait pour redresser la situation, l'Area est condamné, mes amis.

Dans un boudoir de la Zone A, Aniki avait invité les quelques nobles avec qui elle entretenait de bons rapports. Ses propres parents, Niselm et Syni, s'étaient également joints à la discussion, au grand déplaisir d'Aniki. Elle savait qu'ils n'étaient pas particulièrement favorables à sa cause et elle s'était assise loin d'eux pour marquer son mécontentement.

Installés dans un fauteuil ou sur une chaise, les convives buvaient leur tasse de ruho matinale en échangeant leurs points de vue sur les événements de la nuit.

— Ils ont été tués tous les deux, dit l'un des hommes en frissonnant. Ça aurait pu être nous, ma chère ! Il aurait suffi que l'ennemi perce la carlingue près de la porte de notre appartement plutôt que de celui de nos voisins, et voilà, nous étions cuits !

— Quelle idée aussi d'aller voir ce qui se passait dans le couloir…, ajouta sa femme. En ces temps de guerre, quelle imprudence ! Ce sont les zonés B qui sont formés pour de tels dangers. C'est leur travail de risquer leur vie à notre place.

— Je suis tout à fait d'accord avec vous, appuya Aniki. Mais où sont-ils, ces gardes qui devraient patrouiller pour notre sécurité ?

Un homme se versa une lampée de tisane avant de répondre.

— Il en reste si peu, après tous les conflits armés qui ont bouleversé l'Area, cette dernière année…

— Oui, continua Aniki, si peu depuis que dame Shila est arrivée sur le vaisseau. Et ceux qui sont encore valides sont postés devant sa propre chambre et devant celle d'une Apikélienne, qui aurait dû, selon moi, être emprisonnée dans l'une des cellules de la Zone B.

— N'est-ce pas ? Quel étrange traitement pour un otage ! répondit une femme, indignée.

— Aniki, ne logeais-tu pas toi-même en Zone A, sur le Galesiki, lorsque les soldats de sieur Valer t'ont enlevée ? demanda Syni.

Un silence tomba. Aniki serra les dents en toisant sa mère. Elle fit un grand effort pour conserver son calme.

— Mère, les circonstances étaient différentes. As-tu déjà oublié que c'est par erreur que j'ai été prise, à la place de Shila ? Par ailleurs, je te remercie de rappeler à ma mémoire d'aussi terribles souvenirs.

Un malaise s'empara de l'assemblée. Syni, rabrouée ainsi, se tassa contre Niselm, qui enroula son bras autour de ses épaules en signe de réconfort. Il lança à Aniki un regard lourd de reproches, mais celle-ci lui tourna le dos et se pencha vers sa voisine pour poursuivre la conversation.

— Je doute de plus en plus des compétences et de la légitimité de dame Shila à la barre du cargo, déclara-t-elle, attaquant le vif du sujet.

Des murmures s'élevèrent, mais Niselm et Syni ne pipèrent mot. Aniki continua.

— La situation de l'Area, telle qu'elle se présente ce matin, n'a rien pour nous réjouir. L'otage Axifelle, censé nous permettre d'obtenir notre Unelmyna perdu, a été récupéré par Apikela. Arken Nyska nous a punis pour notre traîtrise en nous clouant au sol. Nous ne sommes même pas capables d'ouvrir ou de fermer la porte de notre propre sas. Shila a rejeté en notre nom la proposition d'Arken Nyska de nous trouver des logements à Hyemalis, sans que nous ayons été consultés. Il y a fort à parier que maintenant que nous avons comploté contre lui avec cet enlèvement stupide et inutile, il nous laissera simplement croupir ici dans notre vaisseau glacial jusqu'à ce que nous périssions tous de faim et de froid. Voilà ce que dame Shila a su faire pour les Aréiens.

Quelques secondes s'écoulèrent avant que quelqu'un ne se risque à répondre à Aniki.

— Le tableau est bien sombre, en effet, princesse Aniki, dit un homme. Mais aurait-elle pu faire autrement?

— Shila connaît bien mal le peuple céleste, elle qui est née sur Terre. Elle ne comprend pas notre désir de nous y établir. C'est ce à quoi tout notre être aspire. N'ai-je pas raison?

On hocha la tête autour d'elle.

— Si j'avais été commandante, poursuivit-elle, j'aurais accepté les appartements à Hyemalis. Ensuite, il aurait toujours été temps de négocier la construction future d'Unelmyna. Il faut savoir faire manger son ennemi dans sa main, pas lui cracher au visage. Et de cette façon, nous serions aujourd'hui en train d'emménager dans des maisons, des vraies, avec des fondations bien plantées dans le sol.

— Mais qu'y pouvons-nous, maintenant? Le mal est fait.

Aniki sourit.

— L'ennemie d'Arken Nyska, c'est Shila, pas l'Area. Il suffirait de se dissocier d'elle pour revenir dans ses bonnes grâces.

— Se dissocier de notre propre commandante? répéta une femme, perplexe.

— Oui, en la remplaçant par une autre.

Les gens échangèrent des regards hésitants. Niselm objecta.

— Aniki... tu ne peux pas faire ça. C'est déloyal.

— C'est Shila, en oubliant les intérêts des Aréiens, qui agit de façon déloyale.

— Mais...

Il voulut continuer, mais un noble le coupa.

— Laissez-la parler, sieur Niselm. Nous aimerions l'entendre.

Aniki exposa son point de vue.

— En plaçant à la barre de l'Area une véritable Aréienne, une fille du peuple céleste, les membres de l'équipage seront représentés comme il se doit auprès d'Arken Nyska. Ils pourront dès lors commencer leur nouvelle vie sur Terre, telle qu'ils se l'étaient imaginée, car la commandante légitime comprendra le désir profond de son peuple.

Aniki se leva ; l'assemblée ne la quittait pas des yeux.

— Aidez-moi à prendre la place qui me revient.

chapitre 28

Maintenant qu'il avait récupéré Axifelle, Arken s'était soudain souvenu de Kismaki. Celui-ci ne pourrait pas habiter la base indéfiniment, et, avant qu'il ne la quitte, Arken désirait avoir avec lui cette explication au sujet de la liste des « enfants terrestres ». Il savait que l'abeille avait été capturée par Shila, qui avait vécu presque toute sa vie sur la Terre. De ce fait, la théorie de Kismaki sur laquelle il avait fondé tant d'espoir s'écroulait. Que celui-ci ne l'ait pas respectée, en recrutant des bébés nés sur Terre, n'avait donc rien changé. Pourtant, Arken ne supportait pas l'idée qu'on ait pu contrevenir à ses ordres. Il envoya son adjoint le chercher.

Kylma poussa le fauteuil roulant de Kismaki dans la pièce. D'un signe de tête, Arken lui fit comprendre qu'il pouvait se retirer. Il s'inclina et quitta la pièce.

— Bonjour, Kismaki, salua Arken.

— Professeur Nyska. Vous désiriez me parler ?

Arken acquiesça et ouvrit un tiroir, duquel il tira le journal de bord de Kismaki. Celui-ci le reconnut immédiatement.

— Mais c'est mon vieux journal! s'écria-t-il. Que de souvenirs!

— J'espère que vous vous rappellerez de ceci.

Arken fit défiler les pages d'un mouvement du pouce, jusqu'à ce qu'apparaisse, glissée entre elles, une feuille volante. Il la prit et la tendit à Kismaki. Celui-ci balbutia en la fixant des yeux.

— Je... j'ai laissé mes lunettes dans ma chambre...

— Il est écrit: « Enfants terrestres ». Une liste d'une trentaine de noms. J'exige des explications.

— Comment ai-je pu être assez stupide pour oublier ce feuillet dans mon journal? marmonna Kismaki. Quel idiot!

— Alors?

Kismaki soupira en reposant la feuille sur le bureau d'Arken.

— Je ne me suis pas conformé à vos ordres.

— Ça, je l'avais compris. Pour quelles raisons?

— La première année de mon mandat, j'ai eu du mal à réunir le nombre requis de bébés nés sur le vaisseau. Plutôt que de vous contrarier et de risquer ainsi de voir révoquer mon contrat, j'ai préféré trouver un moyen de combler l'écart.

— Où vous êtes-vous procuré les enfants?

— Dans un orphelinat. Je vous présente mes excuses.

Arken grogna. Mais devant l'air piteux de Kismaki, il ne put s'empêcher de sourire.

— Vous savez quoi, Kismaki? Votre théorie des générations célestes, c'était du vent.

— Comment?

— La personne qui a réussi à mettre la main sur l'abeille a été recueillie par l'Area l'an dernier. Elle a passé les quinze premières années de sa vie sur la Terre, en Ashtaka.

— Non... vous plaisantez?

— Pas du tout.

La mine jusqu'alors déconfite de Kismaki s'effondra complètement. Arken poursuivit:

— Enfin, j'ai eu l'abeille, et c'est tout ce qui compte. Cela dit, je déteste qu'on me désobéisse. Si nous n'étions pas aussi vieux, je vous en ferais voir de toutes les couleurs.

— Encore une fois, je suis désolé, professeur.

Arken reprit la feuille et la parcourut des yeux. Il remarqua qu'un des « enfants terrestres » s'appelait comme lui. Il s'en surprit, car Arken était un prénom ancien, plutôt rare en Tuuli. Il signifiait « arche » et faisait référence à l'arche qui, selon la légende du pays, séparait le monde des vivants de celui des morts. On disait que porter ce nom condamnait son propriétaire, lorsqu'il décédait, à demeurer éternellement sur le seuil entre les deux mondes, à regarder les âmes des autres défunts traverser.

— Dans quel orphelinat les avez-vous trouvés, ces enfants terrestres ? demanda Arken.

— Je craignais qu'en m'approvisionnant à Hyemalis, où vous viviez avant de déménager sur la base d'Apikela et où, je n'en doute pas, vous possédez de nombreux contacts, mon subterfuge ne soit découvert rapidement. J'ai donc préféré diriger mes recherches vers Lastenkia. La ville possède un des plus grands orphelinats de la Tuuli.

Arken fronça les sourcils. Lastenkia... de mauvais souvenirs étaient rattachés à cette ville.

— Vous disiez tout à l'heure que c'est lors de la première année du programme que vous avez contrevenu à mes consignes, c'est bien cela ?

— Oui, acquiesça Kismaki. Vous vous souvenez sans doute que les compensations financières étaient moins importantes à ce moment.

— Donc, en quelle année sont nés les enfants terrestres ?

— Pour que mon geste passe à peu près inaperçu, l'Area n'a adopté que ceux qui se trouvaient âgés de moins de deux ans. Je me souviens du plus vieux, car on lui avait donné à l'orphelinat le même prénom que vous. Il était né à l'été 1949.

Arken, fixait un point sur le mur devant lui.

— À l'été 1949… à l'orphelinat de Lastenkia… est né un enfant nommé… Arken.

Il se leva d'un bond, se saisit de sa canne et contourna son bureau. Kismaki craignait le pire.

— Y a-t-il un problème, professeur?

— Non, au contraire! lui répondit Arken en ouvrant grand la porte. Si ça se trouve, en me désobéissant, vous avez fait là le meilleur coup de votre vie!

chapitre 29

La chambre dans laquelle Axifelle était emprisonnée se trouvait bien protégée. Six gardes avaient été assignés à sa surveillance, distribués le long du couloir, de part et d'autre de la porte. Lorsqu'ils virent Arken arriver sur les lieux, ils se mirent au garde-à-vous. Celui-ci avait le visage rouge et le souffle court d'avoir marché si vite.

— Ouvrez-moi cette porte !

L'un des gardes tira un trousseau clinquant de sa poche et enfonça une clé dans la serrure. Il tourna la poignée et céda le passage à Arken qui entra, les quatre pieds de sa canne frappant le sol.

— Axifelle !

La voix d'Arken fit sursauter la jeune fille, étendue sur le lit. Elle se redressa et recula contre les oreillers.

— Tu m'as menti !

Axifelle, effrayée, écarquilla les yeux.

— Te mentir ? Mais non... jamais...

— Petite idiote ! gronda-t-il en approchant du lit. Comment as-tu pu ? C'était mon enfant à moi aussi !

— Je ne... comprends pas...

— Je vais te rafraîchir la mémoire : Lastenkia, été 1949. Que m'avais-tu dit à propos du bébé lorsque je t'ai retrouvée, dans ce taudis où tu t'étais terrée ?

— Qu'il... qu'il était mort-né.

— C'est faux, n'est-ce pas ?

— Non, pas du tout ! se défendit Axifelle, paniquée. Notre enfant est mort il y a longtemps !

— Pourquoi réagis-tu aussi violemment, Axifelle ?

— Mais pour rien !

— Aurais-tu quelque chose à me cacher ?

— Je ne sais pas de quoi tu veux parler !

— Ah non ?

Arken s'approcha de la porte et échangea quelques mots avec l'un des gardes à l'extérieur. Celui-ci hocha la tête et pénétra dans la chambre avec lui. Axifelle avait pris un oreiller, qu'elle pressait contre sa poitrine comme un bouclier. Elle était livide.

Le garde dégaina sa matraque. Lorsqu'il appuya sur le bouton de mise en marche, un réseau grouillant d'éclairs bleus se mit à ramper le long de la tige. Axifelle laissa échapper un cri rauque.

— Qu'est-ce qu'il fait?

— Il se montre convaincant.

— Tu ne vas tout de même pas...?

— J'attends tes explications.

Arken s'assit nonchalamment dans un fauteuil.

Axifelle ne quittait pas des yeux le garde qui pointait sa matraque sur elle.

— Je... je n'ai rien à dire...

Elle descendit du lit et s'adossa au mur, serrant de toutes ses forces l'oreiller contre elle. Le garde contourna le lit pour la rejoindre. Lorsqu'il fondit sur elle, Axifelle glapit. Il l'empoigna par la gorge et la plaqua contre le mur. L'oreiller tomba sur le sol sans bruit. La matraque s'arrêta à quelques centimètres du visage d'Axifelle.

— Arken, je t'en prie...

— Je veux la vérité.

— Il n'y a rien de plus à dire...

— C'est ce que nous allons voir, conclut Arken, avant de s'adresser au garde. Allez-y.

L'homme fit glisser son arme le long du bras d'Axifelle. Le tissu du pull fuma, avant de se fendre et de dévoiler une peau rougie. Elle hurla.

— Alors? Tu veux bien parler, maintenant?

— Je n'ai rien à dire !

La matraque entama à nouveau sa chair. Des cloques cramoisies apparurent au niveau du coude. Axifelle se mordit les lèvres pour ne pas donner à Arken le plaisir de l'entendre crier de nouveau. Lorsqu'elle se retourna vers lui, il levait les sourcils, comme s'il demandait : « Et maintenant, est-ce suffisant pour que tu parles ? »

— Arrête... s'il te plaît...

Arken dit alors au tortionnaire :

— Je pense qu'il nous faudra passer au niveau supérieur.

Le garde hocha la tête et rapprocha l'arme du visage d'Axifelle. Pour une troisième fois, il lui brûla la peau : une horrible douleur la traversa, de la tempe au menton.

— Non, pas ça ! Arrête, Arken, je t'en supplie ! Tu... tu as gagné...

Le garde jeta un œil vers Arken, qui, d'un signe de tête, l'enjoignit de suspendre la séance. L'homme recula l'arme, mais ne lâcha pas la gorge d'Axifelle, qui, la tête vers l'arrière, sanglotait. Sa joue boursoufflée était rouge sang.

— Je t'écoute, dit Arken.

— Notre enfant n'est... il n'est pas mort...

Elle s'interrompit. Arken, très calme, lui intima de poursuivre.

— Ce jour-là, révéla Axifelle, je t'ai surpris au téléphone : tu expliquais que tu voulais exploiter notre bébé pour tes expériences. Je me suis résolue à quitter la maison sur-le-champ. J'ai trouvé un appartement à Lastenkia. Mais loin de toi, j'ai réalisé que, seule, je ne pouvais espérer subvenir aux besoins de l'enfant. Le syndrome a causé ma perte sur bien des plans. J'ai accouché à l'orphelinat de Lastenkia et leur ai confié le bébé.

— Et tu l'as appelé Arken, c'est bien ça ?

— Je ne sais plus...

— Sais-tu où s'est retrouvé notre petit Arken ensuite ?

Les yeux terrorisés d'Axifelle fixaient la matraque parcourue de frissons bleus.

— Non... je... je l'ignore...

— Oui, tu le sais. J'en suis persuadé. Tu avais exactement la même expression tout à l'heure, alors que tu clamais haut et fort que notre enfant était mort-né. Comme tu mens mal !

La respiration d'Axifelle s'accéléra. Elle tenta de repousser la main serrée comme un étau autour de son cou, mais sa poigne se fit soudain plus insistante.

— Laisse-moi, Arken, je t'en supplie... Je t'ai dit ce que tu voulais savoir à propos de la naissance de l'enfant...

— Puisque tu refuses de collaborer, je vais t'aider : notre fils a été enrôlé sur l'Area. C'est tout simplement incroyable, non ?

— O... oui... incroyable...

Arken se redressa brusquement.

— Mensonges ! Tu es au courant de tout ça ! Tu l'as vu, n'est-ce pas, notre enfant, lorsque tu étais là-bas ?

— Non...

Les doigts du garde agrippés à son cou, Axifelle avait de la difficulté à parler. Sa respiration ressemblait de plus en plus à un râlement.

— Il se trouve sur l'Area une mine de pulsars, je le sens, gronda Arken en s'approchant d'elle. Depuis soixante ans, notre Arken junior a sans aucun doute engendré une foule de descendants, porteurs du gène. Je veux les connaître, et c'est toi qui me révéleras leur nom !

Des larmes coulaient sur le visage d'Axifelle. Elle garda le silence, ravalant sa salive avec difficulté.

Il fallut une demi-heure à Arken pour obtenir ce qu'il désirait. Il somma alors le garde qui s'était occupé de faire parler Axifelle de la relâcher. L'homme éteignit sa matraque avant de la replacer dans sa ceinture. Arken et lui se dirigèrent vers la porte. Axifelle se laissa glisser vers le sol le long du mur, en sanglotant. Avant de quitter la chambre, Arken s'adressa à ses hommes.

— Allez chercher un médecin. Axifelle a besoin de soins. Maintenez votre surveillance ; je peux encore avoir besoin d'elle.

Il savait maintenant que Myko était un pulsar.

Les zonés C avaient posé des masques cabossés sur leur tête. Ceux-ci ressemblaient à des casques de scaphandriers, avec une toute petite fenêtre carrée au niveau des yeux. Ils s'étaient mis à l'ouvrage, et des flammèches jaunes et bleues ruisselaient des torches. Lorsqu'ils terminèrent de colmater la brèche ouverte par la foreuse dans la Zone A, le soleil commençait à décliner, transformant la blancheur de la neige en une marée orange et or éblouissante.

Shila et Laris, préoccupés, discutaient dans la salle de commandement en fixant l'horizon.

— L'équipage est épuisé et abattu, commandante. Nous gelons ici, et bientôt, nous manquerons de vivres. Les cas de bronchites et de pneumonies se multiplient.

— Je sais, Laris, répondit Shila en soupirant. Demain, j'irai sur la base et je demanderai à parlementer avec le professeur Nyska. J'espère qu'il nous offrira toujours d'habiter ces logements à Hyemalis. Dans le cas contraire, j'avoue ne pas savoir ce que nous pourrons bien faire.

— Je vais vous faire préparer une escorte. Nyska en a contre vous, et je crains pour votre sécurité.

— Ne mettez que deux hommes à ma disposition. Je ne veux surtout pas donner l'impression d'arriver là-bas avec des intentions belliqueuses. Nous abandonnons les hostilités, et il faut que Nyska le comprenne au premier coup d'œil.

— Entendu, commandante !

Elle retourna à sa contemplation de la plaine enneigée. Un mouvement attira son attention ; elle plissa les yeux pour mieux voir ce qui se dessinait sur la ligne d'horizon.

— Mais qu'est-ce que c'est... Laris ! Regardez !

Celui-ci se pencha à son tour contre la baie vitrée. Shila lui pointa des silhouettes mouvantes au loin, qui grossissaient en approchant. Laris s'exclama :

— Les gens d'Apikela, ils reviennent !

— Déployez les drapeaux blancs sur le toit du vaisseau ! cria Shila en catastrophe aux gardes qui surveillaient l'entrée. Qu'on puisse les voir à bonne distance !

— Oui, commandante !

Deux des hommes quittèrent la pièce au pas de course. Dehors, les motoneiges faisaient un vacarme d'enfer en approchant. De grosses autoneiges, pareilles à celles qui avaient conduit Shila et Myko sur la base le jour de leur atterrissage, s'avançaient au premier rang. Dans l'habitacle vitré de chacune d'elles, huit gardes étaient entassés. Suivaient des douzaines et des douzaines de motoneiges, toutes montées par deux hommes. Quelques-unes tiraient derrière elles des chariots sur skis, chargés d'outils que Shila ne réussit pas à identifier.

— Ils sont nombreux et équipés de foreuses... fit remarquer Laris, qui scrutait la vague sombre déferlant dans la plaine. Mais que peuvent-ils bien nous vouloir encore?

— Je dois leur parler avant qu'ils n'attaquent le vaisseau, déclara Shila, sans répondre à la question de Laris. Il faut qu'ils sachent que nous ne désirons pas nous battre. Comment sortir d'ici sans compromettre la sûreté du vaisseau?

— Vous pouvez utiliser le sas d'urgence, situé sur le toit. Il est difficile d'accès de l'extérieur. Vous serez capable de voir l'ennemi grimper s'ils tentent de pénétrer dans le cargo par là, et, avant qu'il n'y parvienne, nous lui fermerons la porte. D'en haut, avec un porte-voix, vous saurez vous faire entendre.

— Bien, j'y vais immédiatement. Quant à vous, rejoignez les soldats postés devant le sas principal. S'il devait arriver un malheur, défendez-en l'entrée à tout prix.

— Commandante!

Laris claqua ses talons l'un contre l'autre et fit le salut militaire.

Ils quittèrent la salle de commandement et partirent chacun de leur côté. Shila et ses gardes gagnèrent l'entrepont. Depuis les terribles événements de la fête donnée en l'honneur d'Hyna, on avait nettoyé et rangé la salle, et plus aucune trace de la catastrophe n'y subsistait.

Au fond de la pièce, une échelle montait dans l'écoutille, au plafond. Shila et ses deux gardes du corps l'empruntèrent et débouchèrent dans les serres. C'était par là qu'était passé l'équipage quelques semaines plus tôt, pour constater que Lokimë s'était posé sur l'Area. Les fruits et les légumes avaient gelé sur pied. Les feuilles des plants, brûlées par le froid, pendaient mollement. Shila frissonna en remontant le col de sa combinaison militaire.

Sur leur gauche, une seconde écoutille menait à une minuscule chambre de décompression. Ils y entrèrent et l'un des gardes essaya d'ouvrir la valve qui donnait sur l'extérieur.

— Il y a longtemps qu'elle n'a pas servi, signala-t-il en invitant son collègue à venir lui donner un coup de main.

À force d'efforts, les hommes parvinrent à décoincer la poignée. Le premier garde la fit tourner de quelques tours et la soupape s'ouvrit. Shila monta sur le toit du vaisseau avec le porte-voix.

La plaine arctique s'étendait à leurs pieds, scintillante dans le soleil couchant. Shila respira par petits coups. L'air était si froid à cette hauteur qu'il donnait l'impression de lui tailler les bronches. Elle constata que les Apikéliens immobilisaient leurs motoneiges à quelques dizaines de mètres de distance du vaisseau. Les hommes, minuscules vus du sommet du cargo, s'activaient autour de ce que Laris croyait être des foreuses.

Shila enclencha le bouton de mise en marche du porte-voix, qui grésilla un moment, alors qu'elle tentait d'en ajuster la portée. Un retour de son suraigu retentit dans la plaine et la fit sursauter. Mais grâce à cela, elle avait réussi à obtenir l'attention des Apikéliens tout en bas. Ils suspendirent leurs opérations et levèrent la tête vers elle. Shila dit d'une voix forte :

— Hommes de main d'Arken Nyska, gardes d'Apikela, écoutez-moi ! Je suis dame Shila, commandante de l'Area, et celle qui vous a rapporté l'abeille de Lokimë. Je vous en prie, ne nous attaquez pas !

Des Apikéliens fouillèrent dans une des autoneiges, et quelques secondes plus tard, à travers les gémissements du vent, on entendit un autre retour de son.

— Shila ! Ici le professeur Kylma. J'ai avec moi deux cents hommes fraîchement débarqués de Hyemalis ainsi qu'une dizaine de foreuses à métal. Nous nous apprêtons à trouer la carlingue de l'Area de toutes parts. Nous n'avons qu'une seule exigence. Si vous acceptez de vous y conformer, votre équipage sera épargné.

— De quoi s'agit-il ? Vous nous avez déjà pris Axifelle !

— Nous voulons Myko, le pulsar.

Un grand silence s'abattit sur la plaine. Le vent s'était soudainement calmé et caressait le visage de Shila. Ses mains tremblaient sur la poignée du mégaphone. Elle le souleva d'un geste lent et y écrasa ses lèvres.

— Non ! Ça, jamais !

— Alors nous viendrons le chercher.

Les troupes apikéliennes reprirent leurs activités autour des chariots chargés des torches géantes. Shila lança le porte-voix entre les bras d'un de ses gardes du corps et sauta dans la chambre de décompression. Elle longea les serres, dévala les échelons de l'écoutille et traversa la salle de réception de l'entrepont. Elle courut dans les couloirs, passa devant la salle de commandement, où, à travers la baie vitrée, on pouvait voir l'ennemi se déployer tout autour de la coque du cargo en tirant ses machines de guerre qui permettraient de tailler le métal comme du beurre.

Shila parvint à la chambre qu'elle partageait avec Myko. L'unité qui en défendait l'accès se sépara pour la laisser entrer.

— Myko, ils arrivent! lâcha-t-elle en reprenant son souffle.

— Qui? s'inquiéta Myko, les sourcils froncés.

— Les hommes de Nyska... Ils savent que tu es un pulsar!

Myko devint aussi blanc que la neige qui tapissait le sol, dehors. Shila s'approcha de lui et replia ses bras autour de son cou. Myko se laissa aller contre elle. Elle lui chuchota à l'oreille:

— Je ne les laisserai pas faire. Je vais te protéger.

Il hocha la tête, et elle ajouta:

— Viens avec moi, j'ai un plan.

Elle s'adressa aux sentinelles.

— Escortez-nous jusqu'au hangar!

Ils y furent en quelques minutes. Laris et le reste des troupes se tenaient près de la grande porte du sas, placardée de nombreuses couches de bois et de métal. Elle commanda de sortir tous les canons et de pointer leur gueule vers cette porte.

— Vous croyez qu'ils vont arriver par là? demanda Laris, sceptique. Avec leurs torches, ils peuvent pénétrer par où ils veulent.

— Je pense en fait qu'ils viseront plusieurs points stratégiques de la carlingue du vaisseau. Mais ce n'est pas eux qui entreront par ici, c'est nous qui en sortirons.

— Quoi?

Shila s'adressa à ses troupes.

— Que le meilleur pilote de lentok de l'Area se présente devant moi!

Un homme s'avança jusqu'à elle, au garde-à-vous. Shila reconnut en lui l'un des soldats d'élite qui avaient participé à la mission secrète sur le Galesiki, et dont le but avait été d'éliminer Valer.

— Bien. Montrez-nous votre appareil.

Le pilote conduisit Shila et Myko jusqu'à un lentok, stationné en première ligne. Il déverrouilla le cockpit.

— Pourrons-nous entrer à trois à l'intérieur? demanda Shila.

— Ce sera trop serré. Par contre, l'un de vous peut s'installer dans la capsule d'urgence.

— Myko, ce sera toi.

Il acquiesça. Il s'approcha du flanc de l'appareil, là où venait se greffer l'excroissance de métal que constituait la nacelle de sauvetage. Le pilote libéra le loquet et le dessus de la capsule se souleva. Myko sauta à l'intérieur.

— Où allons-nous, Shila?

— Je ne sais pas encore. Nous essaierons de te trouver une cachette.

— D'accord.

Elle lui sourit et referma la coupole supérieure de la nacelle. Un déclic confirma qu'elle était bien scellée. Elle grimpa sur l'aile du lentok et se réfugia à son tour à l'intérieur de l'appareil. Le pilote s'installa devant le tableau de bord et boucla sa ceinture. Il fit tourner une clé, repoussa un levier et appuya sur quelques boutons. De la lumière illumina les commandes et un grondement se fit entendre. Les réacteurs tournaient.

Shila se retint au pourtour du cockpit toujours ouvert et se leva.

— Laris!

Elle dut crier pour couvrir le vacarme des moteurs.

— Commandante! répondit-il, les doigts tendus vers sa tempe, en attente d'instructions.

— Dès que nous aurons refermé le dôme du cockpit, vous bombarderez la porte du sas! Nous avons besoin d'un espace assez important pour que le lentok puisse y passer. Je compte sur vous pour défendre de votre mieux l'Area lorsque les Apikéliens voudront profiter de la brèche pour s'infiltrer dans le vaisseau!

— À vos ordres!

Shila se rassit derrière le pilote. Il tendit le bras au-dessus de sa tête pour attraper la poignée du dôme, le referma et le verrouilla. Shila fit un signe de la main à Myko, à travers la vitre, auquel il répondit, la mine grave. Puis, ils attendirent.

Une vingtaine de canons avaient avalé chacun un boulet cuivré et n'avaient plus qu'un désir: le recracher. Toutes les mèches furent allumées en même temps. Cependant, elles se consumèrent à vitesse variable, si bien que ce ne fut pas un grand « boum! » qui retentit dans le hangar, mais bien une suite de déflagrations rapprochées. Le panneau qui calfeutrait la porte, dont l'ouverture se trouvait toujours coincée, fut troué en plusieurs endroits, avant de voir son centre s'émietter. Des accrocs de bois pendaient de la structure. La grande brèche dévoilait un ciel marine de début de soirée.

— Allons-y! dit Shila au pilote.

Celui-ci poussa une manette à fond et saisit le manche à balai des deux mains. Le lentok glissa sur la piste intérieure. Les soldats enlevèrent les canons du chemin. Le pilote opéra une rotation de l'appareil en vue de se placer dans l'angle de l'ouverture. Une fois en position, il poussa un autre levier.

— Plus vite, plus vite! s'écria Shila, nerveuse.

Une longue langue de feu jaillit alors de l'extérieur par la brèche, comme un geyser horizontal. Shila se cacha le visage, éblouie par son intense luminosité.

— Qu'est-ce que c'est que ça, un lance-flammes? s'exclama le pilote, gêné dans sa course.

Comme il ne voyait plus devant lui, il dut stopper son lentok sur la piste, pour ne pas risquer de s'écraser contre le mur. Shila poussa un grognement de frustration. Elle déverrouilla le dôme du cockpit, tira son sabre et son poignard de sa ceinture. Ainsi qu'elle le craignait, elle vit, en se redressant, les troupes apikéliennes au grand complet se jeter dans le hangar par la trouée. Les Aréiens leur firent bon accueil: des carreaux d'arbalète se plantèrent dans leur poitrine et leurs têtes tranchées roulèrent sur le sol. Les forces ennemies se scindèrent en deux: la première partie tentait de contenir l'armée aréienne, tandis que l'autre se jetait à l'assaut du lentok, où, les Apikéliens le devinaient, s'était réfugié celui qu'ils étaient venus chercher. De nouveaux lance-flammes firent fondre le caoutchouc des pneus de l'appareil, rendant désormais sa fuite impossible. Des torches s'attaquèrent ensuite à la mince carlingue de la capsule d'urgence. Des vapeurs toxiques brouillaient l'air tandis que le métal se liquéfiait.

Shila sauta du cockpit vers la nacelle où suffoquait Myko.

— Dégagez! Laissez-le tranquille!

Elle balaya l'espace de son sabre et fit reculer l'ennemi. Mais aussitôt, un nouveau jet de feu l'aveugla et elle leva le bras devant ses yeux. Une douleur fulgurante à la main et à la poitrine lui fit lâcher son arme, qui rebondit sur la capsule et alla se perdre dans la foule des Apikéliens. Shila hurla et bascula vers l'arrière. Elle tomba sous le fuselage du lentok. Un coup de matraque en plein ventre lui fit perdre connaissance.

Lorsqu'elle revint à elle, aux petites heures du matin, un silence de mort planait sur l'Area. Elle eut une impression de déjà-vu lorsqu'elle reconnut au-dessus d'elle le plafond et, montées jusqu'à son cou, les couvertures rêches d'une couchette de l'infirmerie. C'était comme cette première fois où elle s'était réveillée dans l'Area, après que la tornade l'eut emportée. Elle souleva les draps et regarda dessous : elle avait le haut du corps et l'avant-bras gauche enveloppés de bandages.

Installé à son chevet, Laris avait la mine basse. Shila l'interrogea du regard. Il tenta de la rassurer.

— L'ennemi s'est replié vers la base.

Shila n'avait qu'une préoccupation.

— Ont-ils...

Laris hocha la tête.

— Ils ont capturé Myko.

Myko ouvrit les yeux. Une lumière franche le fit cligner des paupières. Il était allongé sur une couchette. Au-dessus de lui, il apercevait un plafond gris où quatre ampoules étaient encastrées ; il ne ressemblait en rien à ceux de l'Area. Myko voulut se redresser pour mieux observer le reste de la pièce, mais avant qu'il ne l'ait fait, une voix retentit près de lui. Son sang ne fit qu'un tour.

— Ah, tu reprends conscience juste au bon moment !

C'était la voix d'Arken Nyska.

Myko entendit des pas et vit une tête ridée se pencher sur lui.

« Mon arrière-grand-père... », se rappela-t-il avec amertume. Arken lui sourit.

— Bonjour, Myko. Bienvenue dans mon laboratoire. Comment te sens-tu ?

Myko, paralysé, ne répondit rien. Arken poursuivit.

— Je m'apprête à te faire subir un examen, pour déterminer si tu es bien un pulsar. Je t'explique la procédure: tu es couché dans une machine que j'ai nommée Silmää. C'est un modèle récent, nouvelle génération. La première version de l'appareil a rendu l'âme en même temps qu'Axifelle, il y a longtemps. Celui-ci, beaucoup plus efficace, fonctionne de prime abord de la même manière: une sonde circulaire glissera le long de ton corps, pour en capter des images. Ce n'est pas douloureux, ne t'inquiète pas. C'est comme se faire prendre en photo. Sauf qu'ici, nous parlons d'une centaine de clichés par seconde. Si je me fie à mon expérience avec Axifelle, ce devrait être suffisant pour estimer ta fréquence de pulsation.

Arken tapota l'avant-bras de Myko, l'air bienveillant.

— Nous allons commencer. Comme tu peux t'en douter, je suis très impatient de connaître les résultats.

Arken claudiqua jusqu'au panneau de contrôle, sur le flanc gauche de l'appareil. Il appuya sur divers boutons et tapa quelque chose sur un petit clavier intégré. Du coin de l'œil, Myko apercevait la lueur d'un écran se refléter sur le visage d'Arken.

Ses entrailles se nouèrent ; il fallait qu'il s'enfuie. Il chassa de son esprit l'idée que Shila avait péri en combattant les Apikéliens, plus tôt, sur l'Area. Il l'avait vue recevoir un jet de feu en pleine figure et tomber à la renverse en bas du lentok. Mais ça ne voulait rien dire. Il essaya de bouger, de se redresser sur la couche, mais son corps ne lui obéit pas.

— C'est inutile, intervint Arken d'une voix calme. Tu es attaché.

À ces mots, Myko ne se débattit que plus violemment. Il sentait des liens entraver ses chevilles, ses cuisses, sa taille, ses épaules et ses poignets. Le seul mouvement qu'il parvenait à faire était de relever la tête. Il constata qu'on l'avait habillé d'un vêtement de coton mince. Il gémit.

— Arrête ça tout de suite, dit Arken. À moins que tu ne souhaites goûter à la médecine de mes gardes?

Myko tourna la tête vers Arken. Deux manieurs de matraque se tenaient derrière lui. Il se calma.

Un vrombissement se fit entendre à la tête de l'appareil. Myko leva les yeux et vit un tube, assez large pour que la couchette et lui-même passent à l'intérieur, s'avancer d'un mouvement lent. Il se raidit: c'était commencé.

Des tiges de métal se déployèrent sur les côtés jusqu'à ses pieds et le tube s'engagea sur celles-ci. Lorsqu'il survola son visage, Myko ferma les yeux. Il ne bougea pas de tout l'examen. Un fourmillement traversait son corps au même rythme lent que la machine. La partie mobile du Silmää glissa jusqu'au bout de la couche, avant d'interrompre sa course et de revenir sur ses pas rapidement. Elle remonta jusqu'à la naissance des rails métalliques, à la tête de l'appareil, puis s'immobilisa. Arken gardait le silence en pianotant sur le clavier.

Quelques minutes s'écoulèrent. Les moteurs grondaient toujours, et le ventilateur interne poussait dans la pièce un vent chargé d'odeurs de plastique et de poussière brûlée.

Soudain, le Silmää expira un dernier coup et se tut. Une série de bips s'égrena dans le silence, avant de s'arrêter sur une longue tonalité. Arken poussa une exclamation de triomphe.

— Oui ! C'en est un !

Il s'approcha de Myko, un grand sourire aux lèvres.

— Myko, tu es bel et bien un pulsar.

Celui-ci ferma les yeux, dévasté. Arken retourna à son écran et partagea avec lui les données collectées.

— Tu n'as pas la qualité d'Axifelle, par contre. Alors qu'elle possédait une fréquence de un sur cinq, tu ne pulses qu'un centième de seconde sur quinze. C'est trois fois moins. Ce sera plus difficile à exploiter. Mais je ne me plains pas : j'ai découvert un nouveau pulsar fonctionnel ! Quel bonheur ! Il me faudra remercier Axifelle pour ses précieuses révélations...

Myko tressaillit. Ainsi donc, c'était Axifelle qui l'avait dénoncé. Elle avait trahi la confiance qu'on avait placée en elle. Myko se demanda si elle avait livré Eksila également. « Si je suis un pulsar, Eksila doit aussi en être un... »

Myko se laissa aller à ces sombres pensées, tandis qu'Arken examinait les données collectées par le Silmää, en jubilant.

chapitre 23

— Ce ne sont que des brûlures, Laris. Rien qui puisse m'empêcher de me battre.

Sur ces mots, Shila boutonna le plastron de son uniforme à moitié carbonisé. Elle retint une grimace : sa poitrine et son avant-bras gauche étaient brûlés au second degré. Le médecin qui l'avait soignée tournait autour d'elle en la suppliant de se recoucher.

— Si vous ne vous reposez pas, vos blessures risquent de s'infecter !

Shila l'ignorait et ajustait la ceinture à sa taille en y nouant les fourreaux vides de ses armes. Elle appela l'un de ses gardes du corps.

— J'ai besoin de quatre poignards. Pas de sabres : ils seraient trop voyants.

Le soldat la salua et tourna les talons. Près de Shila, le médecin soupirait de la voir prête à quitter l'infirmerie en si mauvais état. Laris, un peu à l'écart, la regardait faire, d'un œil réprobateur.

— Je ne peux que m'opposer à vos desseins, dame Shila, déclara-t-il. Sauf votre respect, je m'interroge sur votre jugement. Vous vous laissez mener par vos sentiments. C'est indigne de votre fonction.

Shila le fusilla du regard.

— Comment osez-vous ?

— Vous êtes la commandante, ne l'oubliez pas. Vous ne pouvez quitter l'Area à un moment aussi crucial. La menace d'Apikela pèse toujours sur nous.

— Si les Apikéliens avaient tant tenu à occuper le vaisseau, ils en avaient l'occasion tout à l'heure. Pourtant, ils se sont repliés sur la base. Ils ont eu ce qu'ils désiraient. Ils n'ont plus rien à faire ici.

— N'empêche que la place de la commandante en temps de crise est à la tête de ses troupes. Envoyez plutôt un soldat.

— Personne d'autre que moi n'ira chercher Myko, vous entendez ? J'irai seule, pour ne pas attirer l'attention. Je suis passée maître dans ce genre de situation, et aucun militaire de votre armée ne possède mon expérience. J'ai séjourné sur la base. Je connais Arken Nyska. Je suis la plus qualifiée pour cette mission.

— Mais vous êtes la commandante, renchérit de nouveau Laris.

Shila fronça les sourcils. Elle avança de trois pas, jusqu'à n'être plus qu'à quelques centimètres du visage de Laris. Elle leva la tête pour plonger son regard dans le sien.

— Si le fait de gouverner l'Area doit m'empêcher de porter secours à celui que j'aime, eh bien, soit : j'abdique. Offrez mon poste à Aniki. Elle ne demande que cela. Et peut-être saura-t-elle exécuter ce que vous attendez d'une commandante mieux que moi. J'ai été honorée de diriger l'équipage de l'Area un temps. Je le chéris comme mon propre peuple. Je me suis fondue en lui, j'ai voulu le protéger, j'ai combattu à ses côtés. Mais pour Shila l'individu, en ce moment, rien ne compte plus que de sauver Myko. Vous pouvez comprendre cela ?

Laris acquiesça.

— Très bien, dans ce cas. Partez.

Shila se détourna et s'éloigna de Laris. Elle continua d'ajuster les sangles de son uniforme. Un silence lourd de reproche planait dans la pièce. Shila savait qu'elle décevait Laris. Une nouvelle idée germa dans son esprit.

— Le problème de l'Area n'est pas tant de manquer d'effectifs pour se défendre advenant une éventuelle attaque renouvelée de l'ennemi, mais bien plutôt de ne pouvoir fuir alors qu'il se sait trop faible pour affronter celui-ci.

Laris opina du chef.

— Nous ne savons comment combattre au sol, ajouta-t-il. L'immobilité est un facteur que nous ne sommes pas habitués à gérer, nous, militaires du ciel.

— Et si je profitais de ma visite sur la base pour vous délivrer du joug d'Apikela ?

Laris leva un sourcil interrogateur.

— Lorsque j'étais là-bas avec Myko, nous avons exploré un peu l'endroit. Je sais où se trouve la salle de contrôle à partir de laquelle Apikela exerce son emprise sur l'Area. J'y ai vu les écrans de surveillance, le tableau des commandes.

Elle s'interrompit quelques secondes, avant de conclure.

— Je vais tenter de rompre le lien entre leur centre de contrôle et notre vaisseau. Si j'y parviens, je vous enverrai un signal, lorsque je quitterai la base avec Myko. Les coffres des motoneiges, stationnées près de la sortie, sont chargés de fusées éclairantes, utilisées par les pilotes en détresse pour se faire repérer lorsqu'ils s'égarent dans la plaine. J'en allumerai une. Dès que vous la verrez, faites décoller l'Area. Je n'ai qu'une seule requête : envoyez un lentok pour nous permettre, à Myko et moi, de regagner l'Area par les airs. Le reste m'appartient.

— Mais... deux objectifs, sauver Myko et saboter le système de contrôle, doublent les risques de vous faire prendre, commandante, s'inquiéta Laris.

Shila sourit.

— Alors, je suis toujours votre commandante ?

Laris claqua des talons.

— Si elle s'emploie à servir les intérêts de l'Area, dame Shila respecte les engagements de sa fonction. Je n'ai plus aucun motif de considérer sa demande d'abdication.

Shila, solennelle, salua à son tour son général, les doigts tendus vers la tempe.

— Les Aréiens sont un grand peuple, et je suis fière de les représenter. La Terre n'est pas pour eux. Seul l'espace infini et libre du monde céleste en est digne. Bientôt, l'Area pourra reprendre son envol. Je serai heureuse de pouvoir contribuer à cela.

Laris fronça alors les sourcils.

— Mais que ferons-nous dans le ciel sans le support matériel d'Apikela? Nous ne possédons plus que deux semaines de nourriture, un peu plus pour ce qui est de l'eau potable. Et les réservoirs de carburant finiront inévitablement par s'assécher.

— Vous oubliez que j'ai grandi sur Terre. Je sais que les marchés de Terata, en Ashtaka, sont avides de bonnes affaires. On y est friand d'exotisme. Les tapisseries et l'artisanat aréiens se vendront très bien. Nous utiliserons l'argent pour nous réapprovisionner en carburant et en vivres. Je suis prête à écouler tout ce qui se trouve dans le cargo pour quitter cet endroit. Rien ne peut être pire que de rester ici.

chapitre 33

Shila et Laris se présentèrent à la prison de l'Area, dans la Zone B. Ils avaient fait quelques prisonniers apikéliens lors des deux derniers affrontements : des hommes et des femmes blessés pour la plupart, qui n'avaient pu se replier en temps voulu.

Elle s'adressa au geôlier qui les avait accueillis, Laris et elle.

— Où sont leurs effets personnels ?

— Nous les avons rangés dans cette armoire. Vous désirez les voir ?

— Oui. Y a-t-il des femmes parmi les prisonniers ?

— Trois. Elles sont dans la cellule 6.

Shila regarda à travers les barreaux, étudiant chacune d'elles.

— Passez-moi la combinaison d'extérieur de la plus petite, celle qui est dans le coin. Elle semble faire à peu près ma taille. Vous avez confisqué leurs armes ?

— Oui.

— Donnez-m'en deux.

Le gardien lui remit les vêtements et les matraques électriques. Shila enfila la combinaison matelassée gris acier par dessus son uniforme ; elle fit chaque geste avec grande précaution, pour éviter que le tissu ne frotte sur ses brûlures et en avive la douleur. Elle eut du mal à passer le bras gauche dans la manche, et Laris dut l'aider. Gants de cuir et cagoule complétaient l'ensemble.

Elle soupesa les matraques dans sa main. Elle appuya sur le bouton de mise en marche pour vérifier qu'elles fonctionnaient bien, et un réseau serré de filaments azurés se mit à glisser comme une vague sur le bâton. Shila éteignit les armes et les glissa dans la ceinture de son vêtement apikélien. Elle cacha les poignards dans ses poches.

Elle prit une grande inspiration en rejetant les épaules vers l'arrière ; tout cet attirail lui pesait.

— Allons-y, dit-elle à Laris.

Côte à côte, ils quittèrent la prison et se dirigèrent vers la Zone A. En chemin, ils croisèrent Aniki, qui discutait avec un petit groupe de nobles. Shila ne l'avait pas revue depuis leur dispute, trois semaines plus tôt. Aniki et ses partisans la dépassèrent sans lui adresser le moindre reproche, mais Shila crut cependant entendre quelques ricanements.

Dans l'aile bâbord, à l'extrémité gauche de l'Area, Shila et Laris tombèrent sur une paroi percée d'une petite ouverture, dont les rebords reflétaient la lumière en des motifs irisés. C'était un des nombreux trous abandonnés par les gardes d'Apikela après la capture de Myko.

Devant la brèche, quatre zonés C vêtus de bleus de travail discutaient des dégâts. Du matériel de soudure traînait à leurs pieds. Lorsqu'ils aperçurent Shila, ils s'inclinèrent profondément en signe de respect.

Elle s'accroupit et jeta un coup d'œil à l'extérieur. Il n'y avait pas âme qui vive de ce côté du vaisseau. Le sas défoncé se trouvait à tribord, et les Apikéliens qui étaient demeurés sur place pour surveiller les faits et gestes des Aréiens étaient plutôt postés là-bas. À cause de cela, Shila avait abandonné l'idée de sortir par le sas, car on l'aurait repérée aussitôt. Mais à bâbord, elle aurait le champ libre.

Elle commença par lancer lames et matraques par le trou. La neige, soufflée depuis quelques semaines par les vents septentrionaux, montait contre le flanc du vaisseau : les armes glissèrent un peu plus bas sur la pente. Puis, Shila se faufila à son tour par la trouée. Elle fit un signe aux ouvriers à l'intérieur, et ceux-ci entreprirent de refermer le passage derrière elle.

Shila remit ses armes en place, couchée dans la neige. Elle ne devait pas se faire voir.

Elle roula jusqu'au bas de la congère, prenant soin de demeurer dans l'ombre de l'Area, et contourna la tête du cargo. En passant dessous, Shila vit la salle de commandement vitrée, déployée en demi-lune sur tout le museau du vaisseau, pointer vers l'avant son œil énorme de cyclope. Elle y aperçut des silhouettes, et crut remarquer parmi elles celle de Laris, qui fixait l'horizon.

Une fois parvenue à tribord, Shila s'écrasa contre le sol derrière un amas neigeux et observa ses ennemis. Ils surveillaient le sas d'assez loin, à deux cents mètres environ. Ils n'étaient pas particulièrement nombreux. Certains se protégeaient du froid dans une grosse autoneige, mais les autres montaient la garde, en sautillant sur place pour se réchauffer. Ils avaient des lance-flammes en main, dont le réservoir d'essence était fixé sur leur dos par des bretelles. Des torches géantes sur pied, connectées à des citernes par des tuyaux, étaient plantées devant eux dans la neige. Quelques murets de fortune avaient été élevés avec des sacs de sable, derrière lesquels se pressaient les gardes les plus proches de l'Area. Les autres tenaient des boucliers balistiques contre leur torse. Entre les Apikéliens et l'endroit où Shila se cachait étaient stationnées pêle-mêle une douzaine de motoneiges à deux places.

Justement, il lui en fallait une.

Elle repéra un garde en retrait. Assis sur son engin, il fixait le cargo, son bouclier appuyé sur l'épaule. Il ne possédait pour arme que ses matraques. Shila rampa derrière une dune de neige qui s'allongeait en ondulant sur une centaine de mètres, s'approchant de la position de l'Apikélien. Elle se leva et marcha vers lui, à découvert. La voyant arriver, il la salua de la main.

— Ça commence à être long tout ça, pas vrai, camarade ? Vivement le moment où la prochaine équipe viendra nous relayer !

— Combien de temps reste-t-il encore avant que nous cédions notre place ? demanda Shila pour montrer qu'elle s'intéressait à ce que le garde lui racontait.

Il déposa son bouclier à ses pieds et souleva un petit clapet de plastique sur le tableau de bord de sa motoneige. Il lut l'heure sur le cadran ainsi dénudé.

— Il est 10 h 20, annonça-t-il. Plus d'une heure trente à patienter...

Shila s'approcha et se plaça derrière lui, comme pour s'appuyer sur le flanc de la motoneige.

— Ouf... C'est interminable, dit-elle sur un ton exaspéré. Et qu'est-ce qu'il fait froid !

— Tu l'as dit, l'amie. J'ai la cervelle qui est en train de me geler dans le crâ...

Mais avant qu'il n'ait pu terminer sa phrase, Shila lui trancha la gorge d'un coup de poignard. Elle retint le corps, qui s'effondra, puis le balança par-dessus la motoneige. Camouflée derrière le véhicule, elle recouvrit le cadavre de neige. Elle enfonça alors le casque qui se trouvait sur le siège et enfourcha l'engin.

Elle mit le moteur en marche. Des têtes se tournèrent vers elle, un peu plus loin, et elle les salua de la main, amicalement.

chapitre 34

Lorsque Shila arriva aux abords de la base, elle se dirigea vers le stationnement des motoneiges et y gara la sienne. Elle suspendit son casque à une poignée, par la courroie. Des ouvriers travaillaient à remettre en état le hall détruit par Hynamë. Les bâches, déployées autour du chantier pour le protéger un peu des assauts du vent nordique, volaient en tous sens en claquant. Avant de se glisser sous les toiles épaisses, Shila leva les yeux au ciel, espérant y voir apparaître le jeune dragon-dieu. Mais cette fois, Hynamë ne se montra pas.

Elle s'assura que sa cagoule camouflait bien les traits de son visage et s'approcha du comptoir d'accueil. Un gardien de sécurité était accoudé derrière.

— Bonjour.

— Une petite signature, camarade.

Le gardien montra du doigt le feuillet de sortie. Shila retira un gant et, faisant mine de le glisser dans sa poche, elle lut le nom qui était inscrit sur la carte d'accès suspendue à sa ceinture, avec les matraques. Saisissant le stylo que lui tendait le gardien, elle inscrivit sur le papier le nom de la fille dont elle avait pris les vêtements. Le gardien parut satisfait et lui permit de passer.

— Merci beaucoup, à plus tard.

Il faisait chaud dans la base et la sueur se mit à perler sur les tempes de Shila. Dès qu'elle fut sortie du champ de vision du gardien, elle enleva sa cagoule. Pour éviter d'être reconnue, elle remonta le col de sa combinaison sous son nez et rentra la tête dans les épaules.

Dans les couloirs, elle croisa quelques gardes, qu'elle salua d'un air innocent. Ceux-ci lui répondirent d'un signe de la main. Elle aperçut des scientifiques par les portes ouvertes, mais ils n'étaient pas armés et se souciaient peu de sa présence. Elle avançait rapidement.

Arrivée à un carrefour, Shila regarda à gauche et à droite.

« C'est ici, il me semble. »

Un corridor, différent des autres en ceci que ses murs étaient lisses et vides, plongeait dans les profondeurs de la base, avant de tourner à quatre-vingt-dix degrés. Shila s'assura qu'on ne la suivait pas et s'engagea dans cette voie. Après avoir longé le couloir et bifurqué à gauche, elle trouva ce qu'elle cherchait : les six salles vitrées qui se succédaient. Quelques voyants lumineux clignotaient sur les tableaux de contrôle des cinq premières pièces, mais pour le reste, elles étaient plongées dans une obscurité presque totale. Par contre, la dernière était vivement éclairée par des néons aux reflets d'améthyste. Les silhouettes de deux personnes s'y mouvaient.

Shila se plia en deux pour raser les murs sans être vue. Ses brûlures la faisaient affreusement souffrir. Arrivée près de la porte de la salle consacrée à l'Area, elle s'arrêta. Elle se colla contre le linteau et examina l'intérieur. La moitié de la pièce était occupée par un panneau recouvert de boutons, de clés et de leviers. Un large gouvernail trônait en son centre. La console ressemblait à s'y méprendre à celle que manœuvrait le pilote de l'Area. Sur le mur opposé, les écrans qui avaient dû autrefois montrer des images de la salle de commandement et du sas étaient noirs.

Shila reconnut l'un des individus qui se trouvaient dans la salle : il s'agissait du professeur Kylma, le bras droit d'Arken Nyska. L'autre était une femme, sans doute une technicienne.

S'appuyant contre le mur, elle se releva très lentement et tira un poignard de sa poche. Elle jeta un dernier coup d'œil par la porte entrouverte, avant de la pousser et de se lancer à l'intérieur. Des cris de surprise fusèrent. En moins de deux, Shila était déjà sur la technicienne, qu'elle assomma d'un coup de pommeau sur la tempe. La femme s'écroula sur le sol. Vive comme un fauve, Shila bondit vers Kylma, tendit le bras et appuya la pointe de son poignard contre sa poitrine.

Kylma se tint immobile, sans manifester la moindre expression. Shila ne le lâchait pas des yeux.

— Que voulez-vous ? demanda-t-il.

— Éteignez la console des commandes qui contrôle l'Area.

Kylma afficha un visage navré.

— Je ne peux pas faire ça.

— Vous voulez parier ?

De la main gauche, elle tira une matraque électrique de sa poche et vint en caresser la gorge de Kylma. Il recula d'un pas en grimaçant. L'odeur nauséabonde de chair brûlée emplit la pièce. Placée à quelques centimètres du visage de Kylma, Shila réitéra sa demande.

— Faites ce que je vous dis.

— C'est bon, j'ai compris, dit Kylma, d'une voix rendue rauque par la douleur.

Il lui tourna le dos et se pencha sur la console. La main sûre, il manipula quelques boutons, quelques clés et lança une opération sur un clavier. Il jeta un œil derrière lui. Soudain, il ouvrit un tiroir sous le panneau et en tira une longue matraque électrique. Il bondit sur Shila. Elle esquiva le coup, et Kylma s'écrasa contre le mur. Il se retourna et porta une nouvelle charge. Shila lança son poignard sur Kylma, espérant le blesser. Mais Kylma avait évité l'objet et celui-ci ricocha contre un écran : le verre du tube cathodique éclata en miettes.

Bondissant par-dessus le corps de la technicienne étendu au centre de la pièce, Kylma se rua sur Shila. Il la toucha au flanc. Un feu se propagea dans son corps, remontant jusque dans sa gorge et lui donnant envie de vomir. Elle se recroquevilla de douleur.

Penché au-dessus d'elle, Kylma sourit. Mais sa joie fut de courte durée: Shila lui envoya un magistral coup de pied entre les jambes, et se releva en un éclair. Plié en deux, il offrait son visage sur un plateau d'argent: d'un coup de genou, Shila lui fit voler la tête. Kylma tomba à la renverse, inconscient. Son nez n'était plus qu'une chose éclatée et sanguinolente.

Elle arracha les fils électriques qui pendaient des écrans de surveillance désormais inopérants. Elle les utilisa pour nouer les pieds et les mains de Kylma, qu'elle poussa du pied contre le mur.

Shila s'approcha de la technicienne et s'accroupit près d'elle. Elle la saisit par les épaules et la secoua énergiquement. Un gémissement échappa à la femme: elle reprenait connaissance.

Shila l'aida à se redresser, avant de lui mettre la matraque sous le nez. Elle la fit avancer vers la console des commandes. La femme jetait des regards à droite et à gauche.

— Vous cherchez Kylma? Il est là-bas, K.-O.

Elle le pointa du menton pour que la technicienne le vît, membres ligotés et visage tuméfié.

— J'espère que vous vous montrerez plus coopérative.

La femme, terrorisée, remua la tête en signe d'assentiment.

— Désactivez immédiatement le système de contrôle à distance de l'Area.

La technicienne acquiesça de nouveau en déglutissant. Elle se tourna vers la console, prit le clavier et continua de taper la séquence que Kylma avait commencé à entrer. Deux ou trois minutes s'écoulèrent. Puis, une partie des voyants lumineux du panneau s'éteignirent d'un coup, ne laissant que quelques boutons clignoter. La console ressemblait maintenant exactement à ce que Shila avait remarqué dans les autres salles.

— Voilà, c'est fait, murmura la femme.

— Bien. Reculez un peu.

La technicienne s'éloigna et s'adossa au mur. Elle observait Shila, à la fois intriguée et effrayée. Cette dernière prit sa matraque de la main droite, l'activa, et d'un geste vif, balaya la surface de la console. Des étincelles ainsi que des flammes blanches et orangées jaillirent du panneau. Des bruits d'explosion et de courts-circuits retentirent. Une fumée pâle s'éleva en volutes. La pièce fut soudainement plongée dans le noir. Plus aucun avertisseur lumineux n'était en état de marche.

— Comme ça, nous serons certains que personne ne redémarrera le système de contrôle.

Shila ramassa son poignard sur le sol. Elle le pointa sur la femme, tout en étudiant le mécanisme de la porte ; elle vit qu'une carte d'accès était nécessaire pour l'ouvrir et qu'elle se verrouillait automatiquement.

— Donnez-moi votre carte, ainsi que celle de Kylma.

La technicienne s'exécuta, réprimant une grimace lorsqu'elle dut se pencher au-dessus du visage ensanglanté de Kylma. Elle détacha le bout de plastique magnétique de sa ceinture et le tendit à Shila.

— Tournez-vous, les mains plaquées contre le mur. Et ne bougez plus.

La technicienne lança un regard désespéré à Shila et fit ce qu'elle lui avait ordonné. Shila rengaina ses armes. Elle passa le pas de la porte et referma derrière elle. La fumée continuait d'emplir la pièce, couvrant le plafond d'un dense nuage gris.

Le Silmää était un appareil multifonctionnel. Créé au départ pour répondre à des besoins en imagerie médicale, il pouvait saisir une centaine de clichés par seconde d'un corps et en révéler les tissus mous, tels que le cerveau, le cœur, les artères, invisibles sur radiographie classique. Il avait le fabuleux avantage, par rapport aux autres techniques d'imagerie interne, de ne pas irradier les cellules. Mais lorsqu'on appuyait sur un bouton noir, dans le coin supérieur gauche du tableau de contrôle, le Silmää pouvait, du moment qu'un pulsar y était aussi installé, transporter un voyageur dans l'autre monde.

Myko fut de nouveau conduit dans le laboratoire d'Arken, là où il s'était réveillé une quinzaine d'heures plus tôt. Arken se trouvait déjà dans la pièce.

— Ah, te voilà, Myko ! Il ne manque plus que Kylma !

Il s'agitait avec fébrilité, ce qui rendit Myko nerveux. Des piles de papiers barbouillés de chiffres, d'équations mathématiques et de flèches jonchaient le grand pupitre, près de la porte. Au fond, le Silmää soufflait doucement.

Le garde qui était allé chercher Myko dans sa chambrette l'invita à s'approcher de la machine.

Myko s'avança vers l'appareil et le garde referma la porte en quittant la pièce. Arken leva le bras pour atteindre le bouton noir. Un déclic se fit entendre. Arken recula d'un pas et observa la partie du Silmää sur laquelle Myko s'était retrouvé étendu la veille.

Les quatre ou cinq premières secondes, il ne se passa rien de notable. Un grondement couvrit ensuite la respiration ténue du ventilateur. Myko ouvrit grand les yeux. Après un soubresaut, la couchette amorça un mouvement vers le bas. Lorsqu'elle eut presque atteint le niveau du sol, elle s'immobilisa. Un claquement retentit, et le panneau bascula vers le mur. Au lieu de la couchette, on apercevait maintenant, coulés dans le même plastique ivoire que celle-ci, deux renfoncements qui se faisaient face, sortes de fauteuils rudimentaires. Les bras de l'un rejoignaient ceux de l'autre, et des sangles y étaient installées. Un mince interstice entre les sièges permettait d'apercevoir les circuits et les mécanismes du Silmää. La plateforme remonta ensuite lentement, jusqu'à reprendre sa position initiale. Elle interrompit son ascension, et le ronflement cessa aussitôt.

Arken se tourna vers Myko avec un sourire.

— Autre amélioration intéressante du Silmää : la position assise des voyageurs. Je t'en prie, à toi l'honneur de t'installer le premier.

Myko déglutit avec peine. Il franchit à petits pas la distance qui le séparait de l'appareil et plaça le talon sur le marchepied greffé au siège de droite. Il s'y hissa. À l'instant où il posa les fesses dessus, Myko sentit ses poils se dresser sur tout son corps ; il venait de pénétrer dans le champ magnétique de la machine. Sa peau le picotait comme si un vent soufflait de l'intérieur de son corps et s'échappait par ses pores.

C'est à ce moment qu'il se mit à avoir vraiment très peur.

— Mais qu'est-ce que Kylma peut bien faire ? marmonna Arken pour lui-même. Je lui avais pourtant bien dit d'être ici à onze heures précises. Il est hors de question que j'opère seul et que je me fasse prendre comme la dernière fois avec Axifelle.

Il boita jusqu'à la porte.

— Garde ! Allez me chercher Kylma !

— Oui, professeur !

Arken ne prit pas la peine de refermer le battant et se traîna jusqu'au Silmää. Il commença à pianoter sur le clavier du panneau de contrôle et à abaisser divers leviers.

— Au moins, pesta-t-il, nous serons prêts lorsqu'il arrivera...

Myko en profita pour questionner Arken.

— Professeur ?

— Hmm ?

— Y a-t-il des risques que je sois blessé durant ce voyage?

— Tant que tu ne bouges pas, aucun.

Il s'approcha de Myko.

— Glisse tes mains sous les sangles.

Myko obéit. Arken serra très fort les bandes de cuir autour de ses poignets. Myko grimaça.

— Il est important que ce soit bien ajusté. Lorsque Kylma sera là, je m'assoirai en face de toi. Nous joindrons nos mains, et il sera primordial que nous ne nous lâchions pas de toute l'opération. Si tu remuais ne serait-ce que le petit doigt, il pourrait y avoir des ratés dangereux pour notre sécurité à tous les deux. Tu devras demeurer là où tu es, si je veux pouvoir regagner ce monde après ma visite dans l'autre. Tu m'as bien compris?

Myko fit signe que oui. Tout cela l'inquiétait. Il voulut savoir s'il y avait un risque qu'il se retrouve lui aussi coincé dans l'univers parallèle. Mais avant qu'il n'ait pu ouvrir la bouche, un cri retentit dans le couloir. Myko sursauta. Tout se passa très vite: grésillements électriques, exclamations étouffées, bruits de chute. Puis, quelqu'un débarqua dans la pièce en catastrophe.

C'était Shila.

chapitre 13

— Mais... mais qu'est-ce qu'elle fait là, elle ? s'exclama Arken, abasourdi.

Shila s'avança dans la pièce.

— Je viens chercher Myko.

Les yeux chocolat foncé de Shila, presque noirs sous l'arcade sourcilière contractée, dardaient Arken. La haine : elle savait qu'il pouvait la lire sur son visage. Il essaya de soutenir le regard assassin de Shila, mais, comme frappé par la foudre, il tressaillit et recula d'un pas. Il trébucha sur sa canne en voulant s'y agripper, et celle-ci, habituellement d'une stabilité inébranlable, tomba d'un coup sec.

Shila tourna la tête vers le Silmää et y vit Myko dans son pyjama d'hôpital, les poignets sanglés par des lanières de cuir. Il avait le visage blanc comme le papier. Shila pointa son sabre sur Arken.

— Gardes ! Gardes, à l'aide !

— Inutile de crier comme ça. Je les ai éliminés, vos gardes, professeur.

Elle se précipita vers Myko. D'un coup de poignard, elle trancha les liens qui l'immobilisaient sur le fauteuil du Silmää. Il se frotta les poignets et plia et déplia ses doigts pour y rétablir la circulation sanguine. Shila lui empoigna le coude et l'aida à descendre.

— Viens, on s'en va d'ici !

Ils quittèrent la pièce au pas de course.

— Vous ne réussirez jamais à sortir ! hurla Arken dans leur dos. Myko m'est beaucoup trop précieux pour que je le laisse s'enfuir comme ça !

Les couloirs défilaient à une vitesse fulgurante. La sortie se trouvait à l'autre bout de la base, dans l'aile opposée. Ils ne croisèrent tout d'abord que des gardes solitaires, aux réflexes médiocres. Shila les assomma d'un coup de poing.

Ils avaient parcouru la moitié du trajet.

Arrivés à un carrefour, ils prirent à gauche. Ils stoppèrent net leur course. Une dizaine de gardes leur barraient la route, une matraque dans chaque main.

— Prenons l'autre chemin ! dit Myko à Shila. C'est plus long, mais nous n'avons pas le choix !

Ils revinrent sur leurs pas et s'élancèrent dans l'autre direction. Le troupeau d'Apikéliens se jeta à leurs trousses en les invectivant. À cause de ses blessures, Shila commençait à traîner de la patte. Voyant cela, Myko la prit par la main et l'entraîna derrière lui. Le couloir bifurquait sur la gauche, et, en tournant le coin, ils faillirent déraper vers le mur et s'y écraser. Ils s'arrêtèrent: un nouveau groupe de gardes bloquait le passage.

Le souffle court, Shila regarda devant et derrière elle. Elle se mordit la lèvre. Ils se retrouvaient pris en souricière.

Elle dégaina son poignard souillé. De l'autre main, elle tira de sa poche une matraque électrique, la lança à Myko et prit la seconde pour elle-même.

— Appuie sur le bouton pour la mettre en marche, recommanda-t-elle.

Myko paniqua.

— Nous allons nous battre contre eux? Mais ils sont au moins vingt, Shila!

— Nous sommes tout près de la sortie. Couvre mes arrières, je m'occupe de nous tailler un chemin.

Des deux côtés, les Apikéliens avançaient ; le piège refermait ses dents. Sans hésiter, Shila fonça sur les gardes qui lui barraient la sortie. Elle planta son poignard dans le ventre du premier homme, qui s'affaissa. Elle avait de la difficulté à mouvoir son bras brûlé ; ainsi, lorsque des Apikéliens s'approchèrent trop d'elle, elle dut recourir à un coup de pied circulaire pour faire voler leurs armes dans les airs. Myko restait dans son ombre et balayait l'air avec sa matraque. L'homme qu'il tentait de tenir en respect fléchit le torse pour éviter d'être touché et, en se redressant, infligea une brûlure à la main de Myko. Celui-ci hurla et lâcha son arme. Le long du pouce, une rougeur vive s'étendit, et une cloque se mit à gonfler. Il replia le bras sur sa poitrine et recula.

Shila avait du mal à repousser les gardes qui l'assaillaient, et elle geignait de douleur à chaque mouvement. Son poignard frappa alors une matraque de plein fouet, et la décharge de celle-ci remonta en un éclair le long de la lame métallique, jusque dans le bout de ses doigts. Elle lâcha le poignard aussitôt, avant d'être électrocutée. Une femme, profitant de sa confusion, saisit son autre poignet et le lui tordit dans le dos pour la désarmer. Shila gémit: elle était vaincue. Myko, tout près d'elle, fut immobilisé par un Apikélien qui lui avait passé un bras sous la gorge.

Soudain, un choc lourd secoua la structure de béton. Les tubes fluorescents, qui jetaient sur les couloirs un éclairage glacial, clignotèrent, et des gravats tombèrent du plafond. Les gardes levèrent les yeux, aux aguets.

— C'était quoi, ça? demanda l'un d'eux.

— Aucune idée, répondit un autre. Ne traînons pas ici, je n'aime pas ça.

Ils poussèrent Shila et Myko un peu plus loin, en vue de les mener jusqu'à Arken. Ils n'avaient pas fait dix pas qu'un deuxième coup, plus puissant, retentit au-dessus de leur tête. Cette fois, un néon se décrocha du plafond et vola en miettes sur le sol. La section du corridor qu'occupaient Shila, Myko et les Apikéliens s'assombrit. Certains d'entre eux élevèrent leur matraque comme une torche et scrutèrent la paroi qui luisait à peine dans la lueur bleue. Quelques lézardes striaient le plafond de marbrures noires. Une plainte suraiguë perça à travers celles-ci. Les gardes rentrèrent la tête dans les épaules.

— Déguerpissons d'ici! cria l'un d'eux.

Les Apikéliens prirent leurs jambes à leur cou, bousculant leurs prisonniers par-devant. C'est à ce moment qu'une troisième secousse fendit le plafond en deux. Des morceaux de béton se détachèrent de la paroi. Shila, Myko ainsi que quelques gardes se jetèrent sur le côté. L'un des Apikéliens, assommé par un bloc, s'affaissa sur Shila. Elle le repoussa avant de se relever. Elle imita Myko, qui se plaquait contre le mur, la tête rentrée dans les épaules et les mains posées dessus comme un casque.

L'effondrement ne semblait pas vouloir cesser, et un monticule de débris s'amoncelait au centre du couloir. Des cris retentissaient de tous les côtés, et bientôt, celui de Myko se joignit aux autres.

— Myko ! Ça va ?

— Ah ! hurla-t-il. Mon bras !

Un tuyau de métal arraché à la structure lui était tombé dessus et avait ouvert la chair sur toute la longueur de son avant-bras. Le sang jaillissait de la blessure.

— Tu crois qu'il est cassé ? demanda Shila.

— Non, je ne pense pas...

Un nouveau choc les força à se recroqueviller de plus belle contre le mur, mais, remarquant que celui-ci commençait à se fendiller, ils s'en éloignèrent aussitôt. Shila attira Myko sous un abri de fortune créé par deux morceaux de béton tombés l'un contre l'autre et qui formaient une sorte de tente. La brèche qui éventrait le plafond de la base s'allongea, et les gardes qui se croyaient suffisamment à l'écart pour être à l'abri n'échappèrent pas aux chutes de débris qui leur brisèrent le crâne. Shila et

Myko attendirent. Le sang gouttait de la blessure de Myko et imbibait le coton de sa chemise. Le vacarme gronda un long moment encore avant de se calmer.

Shila se hasarda à jeter un œil en dehors de son refuge. Une couche de débris et de poussière mate recouvrait les lieux. Au-dessus du couloir, une ouverture oblongue aux bords déchiquetés laissait voir un ciel gris cendre uni. Les gardes qui n'avaient pas péri sous l'écroulement du ciment et des solives d'acier gesticulaient au détour du couloir, armes au poing. Lorsqu'ils virent Shila se redresser dans la lumière délicate du jour, ils s'exclamèrent :

— La fille est vivante !

Aussitôt qu'ils voulurent s'en approcher, un hurlement perçant leur déchira les tympans et les cloua sur place. Une ombre effaça les faibles rayons qui éclairaient le visage de Shila. Celle-ci leva les yeux. À travers la brèche, elle vit Hynamë, gueule ouverte, sa crête ocrée ondulant dans le vent.

chapitre 37

Laissant les Apikéliens aux bons soins d'Hynamë, Shila et Myko détalèrent vers la sortie de la base. Arrivés dans le hall, ils passèrent en trombe devant le gardien de sécurité responsable de l'accueil, qui se cabra d'un bond et leur cria:

— Attendez! Vous devez signer le formulaire de sortie!

Les ouvriers qui s'affairaient à redresser les murs écroulés, protégés par les bâches, levèrent les yeux sur eux. Mais Shila et Myko avaient déjà disparu sous l'une des toiles.

Une fois dehors, Myko sauta sur le siège de la moto-neige la plus proche.

— Monte, Shila!

— Attends, je dois avertir Laris!

Elle souleva le panneau de métal qui fermait le coffre arrière de la motoneige. Parmi le matériel de secours, elle trouva un large parka rouge, déposé là pour réchauffer celui qui se perdait dans la plaine.

— Tiens! dit-elle à Myko en le lui lançant. Mets ça!

Elle prit aussi trois bâtonnets jaunes aux extrémités rouge vif, ainsi qu'un briquet. Elle se mit dos au vent et tenta de les allumer. Elle dut essayer à maintes reprises avant d'y parvenir, car la bise glacée soufflait la flamme vacillante aussitôt qu'elle apparaissait.

À cheval sur la motoneige, Myko frissonnait, malgré le parka. Dessous, il ne portait que le vêtement de coton léger qu'on lui avait fait revêtir pour l'expérience dans le Silmää, et il n'avait aux pieds que ses chaussures d'intérieur. Le sang de sa blessure au bras tardait à coaguler et coulait jusqu'à sa main. Un bruit sourd vint du toit de la base. Hynamë ondulait au-dessus de la structure et continuait d'y faire des ravages. Le bout de sa queue noué en massue s'abattit, fracassant une nouvelle fois le béton armé. Des cris résonnaient de plus en plus près. Myko et Shila purent entendre le gardien de sécurité et les ouvriers, alertés, s'affoler derrière les rideaux de toile imperméable.

— Vite, Shila, ils arrivent!

Une flamme embrasa la mèche de la fusée éclairante que tenait Shila.

— Je l'ai!

Myko enfonça un casque sur son crâne, avant de tourner la clé fixée au contact et d'appuyer sur quelques boutons. Le moteur ronronna. Shila rangea le briquet dans sa poche et tint à bout de bras la fusée. Elle attrapa le lance-cartouche qui servirait à la propulser dans les airs et l'inséra à l'intérieur. Le bâtonnet incandescent pétillait en projetant des étincelles dorées en tous sens. Shila pivota dans la direction où elle estimait que l'Area devait être stationné et pointa l'instrument vers le ciel. Elle plissa les yeux et appuya sur la détente. Au-dessus de leurs têtes, un point lumineux rougeoyant suivit une trajectoire ellip-tique et laissa derrière lui un large arc de fumée, avant de redescendre vers le sol et de disparaître à l'horizon.

Shila jeta alors le lance-cartouche dans la neige et sauta derrière Myko. Celui-ci n'attendit pas plus long-temps et fit bondir son engin sur la piste qui défilait dans la plaine.

La motoneige soulevait sur son passage des nuages de neige, qui empêchaient Shila d'apercevoir quoi que ce soit derrière elle. Alors que Myko et elle s'éloignaient de la base, elle s'agrippait à lui de toutes ses forces, plaquée contre son dos.

Les Apikéliens, en conducteurs expérimentés, fini-rent par rejoindre Myko et Shila. Ils étaient une douzaine, montant six ou sept motoneiges en couples. Ils quittèrent le parcours pour dépasser les fuyards et redressèrent le nez de leur machine pour se placer devant eux. Myko zigzagua pour les éviter, tentant de reprendre l'avance perdue, mais il se retrouva bientôt encerclé par l'ennemi. L'un des gardes leur fit signe de s'arrêter. Les passagers des véhicules les plus proches tirèrent de longues matra-ques de leur ceinture. Myko grogna, et Shila resserra un peu plus sa prise autour de sa taille.

— Faisons ce qu'ils demandent pour le moment, dit-elle à l'oreille de Myko.

Ils descendirent de la motoneige. Des gardes lièrent leurs poings derrière leur dos et les firent monter dans une autoneige à habitacle vitré, qui les avait suivis. Avant que le cortège reprenne son chemin en sens inverse, un vrombissement grave résonna à leurs oreilles. Myko et Shila se regardèrent.

Une ombre s'étendit sur la plaine. Les Apikéliens remontèrent la visière de leur casque. Une silhouette se gonflait à l'horizon, éclipsant le soleil du Nord. Shila et Myko levèrent les yeux: une masse immense, majestueuse, se détachait sur la pâleur luminescente du jour polaire. C'était l'Area. Il avait repris son envol.

Myko se tourna vers Shila, comme pour demander: « C'est toi qui as fait ça? » Elle hocha la tête, sourire aux lèvres.

Alors que l'Area gagnait de plus en plus d'altitude, Shila et Myko virent apparaître, à travers le trou du panneau défoncé qui avait servi à barricader le sas, quelques points noirs qui s'élançaient au-dehors. Les lentoks se déployaient en formation serrée et fondaient sur eux. Shila en compta sept. Un craquement sinistre suivit, et de longues éclisses de bois ainsi que des plaques de métal tordu dégringolèrent du sas de l'Area. La porte, libérée de l'emprise d'Apikela, venait de s'abattre pour fermer l'accès, broyant ainsi les matériaux de fortune. Les débris se plantèrent dans le sol gelé à une centaine de mètres de l'attroupement de motoneiges, créant une sculpture étrange.

Pour couvrir le chœur de tous ces moteurs qui grondaient à l'unisson, le garde apikélien en tête de l'escorte dut hurler.

— Vite, tous à la base !

Les motoneigistes firent demi-tour, emportant Myko et Shila. Ils se trouvaient à bonne distance de la base. Bientôt, ils croiseraient un carrefour et devraient tourner à gauche. La branche de droite menait quant à elle à l'immense gouffre que Myko avait eu l'occasion de découvrir, lors d'une balade quelques semaines auparavant.

En approchant, les lentoks jetèrent des ombres nouvelles sur la troupe apikélienne. Les cinq premiers appareils se déplacèrent sur le flanc gauche du groupe de motoneiges, demeurant assez haut au-dessus d'eux. Les deux autres s'installèrent sur les arrières ennemis, pour les empêcher de rebrousser chemin. Lorsque la croisée fut devant eux, les lentoks descendirent à deux mètres du sol. La neige volait dans leur sillage.

Les gardes d'Apikela furent incapables d'emprunter la voie de gauche, celle qui menait à la base. Les lentoks y faisaient du rase-mottes et leur bloquaient la route. Un Aréien posa son appareil en travers de la piste. Son cockpit s'ouvrit comme une soupape. L'homme épaula une arbalète et envoya un carreau sur les gardes ennemis, à découvert. L'un d'eux le reçut dans la cuisse et bascula de son siège en hurlant. La motoneige sans conducteur dévia du chemin et finit par rencontrer un monticule de glace. Elle se renversa sur le côté. Le soldat aréien arma de nouveau son arbalète. Pour éviter d'être transpercés, les Apikéliens dirigèrent leurs engins sur la piste de droite, celle qui conduisait au précipice.

À cent kilomètres à l'heure, la distance pour parvenir à l'abîme fut engloutie en moins de trois minutes. Les motoneiges grondaient en bondissant dans la neige molle, ralenties par celle-ci. Les gardes apikéliens firent plusieurs tentatives pour quitter la piste sur leur gauche, afin de regagner la route menant à la base, un peu plus loin, mais chaque fois, les Aréiens redescendaient aussitôt devant leurs ennemis, les forçant à revenir sur leurs pas. L'un des gardes apikéliens semblait cependant avoir réussi à percer le mur, il avait rattrapé la piste et filait vers la base. En essayant de se poser pour lui couper la route, un soldat fit une manœuvre un peu trop téméraire avec son lentok: l'aile droite de son appareil accrocha l'engin ennemi et se coinça entre ses skis. Le lentok perdit l'équilibre et percuta le sol. L'explosion fut fulgurante. Les deux véhicules, aréien et apikélien, furent soufflés par la déflagration. Un peu plus loin, Shila et Myko détournèrent la tête, éblouis par la lumière intense du brasier.

Ils arrivaient au gouffre. Impossible d'aller plus loin: le vide les aurait happés. Les quatre véhicules qui restaient s'arrêtèrent. L'un d'eux abritait Shila et Myko. Pour libérer ceux-ci, les Aréiens devaient quitter le cockpit de leur lentok. Les appareils se posèrent donc à leur tour, au centre de la piste, pour empêcher que l'ennemi ne s'enfuie. Les pales des hélices frappaient l'air durement et produisaient un vacarme assourdissant.

Les combattants se trouvaient à forces égales. Matraques électriques contre sabres recourbés, ils se jetèrent les uns sur les autres. Shila et Myko, laissés seuls, quittèrent l'habitacle de l'autoneige.

— Il faut nous libérer de nos liens, Myko, murmura Shila. Si je pouvais aller prêter main-forte à nos soldats, nous aurions plus de chances de nous en tirer.

— Mais tu n'as plus d'arme…

— Il me reste deux poignards cachés dans mes bottes. Tu peux m'aider à défaire ce nœud, s'il te plaît ?

Ils se mirent dos à dos. Myko, du bout de ses doigts nus, gelés, essaya de dénouer la corde qui enserrait les poignets de Shila.

— Je… je ne sens plus mes mains… Et le nœud est vraiment serré…

— Es-tu capable de te pencher et de prendre le poignard dans ma botte ?

Myko glissa les doigts entre la cheville de Shila et la fourrure synthétique qui la réchauffait. Il extirpa l'arme de sa cachette, mais ses gestes étaient tellement maladroits à cause de l'engourdissement de ses membres qu'il l'échappa par terre.

— Attends, je vais t'aider, dit Shila.

Elle fouilla la neige et ses doigts touchèrent enfin ce qu'ils cherchaient. Shila se saisit du petit couteau et le planta sous les liens de Myko. D'un coup sec du poignet, elle les fit céder. Myko réchauffa ses mains en les frottant l'une contre l'autre, avant de libérer Shila à son tour. Il s'accroupit ensuite sur le sol, épuisé et livide.

— Que… que fait-on maintenant? demanda-t-il en claquant des dents.

— Toi, tu restes ici, répondit Shila en tirant le second poignard de son autre botte. Je vais aider les Aréiens à nous débarrasser de l'ennemi pour que nous puissions regagner l'Area. Tiens, prends ça pour te réchauffer.

Elle lui tendit sa cagoule et un large foulard. Myko, transi de froid, frissonnait violemment. Il semblait incapable de bouger pour récupérer les vêtements. Shila se pencha près de lui, posa la cagoule sur sa tête comme un bonnet et enroula l'écharpe autour de ses épaules.

— Il faut se dépêcher, murmura-t-elle. Tu es gelé…

C'est alors que Shila sentit une douleur cuisante lui traverser le corps en une puissante décharge. Elle lâcha un cri, se plia en deux et s'effondra aux pieds de Myko. Le chef des gardes d'Apikela venait de surgir, matraque en main. Shila tenta de se relever, mais le garde lui envoya un foudroyant coup de pied à la poitrine, et elle retomba dans la neige.

— Myko… sauve-toi!

Il rampa maladroitement sur quelques mètres, avant que le garde ne lui mette la main au collet. Shila retrouva l'un des poignards qu'elle avait échappés dans la neige lorsque la matraque électrique l'avait touchée, et se jeta sur l'homme. Ils luttèrent tous les deux avec acharnement durant d'interminables secondes, roulant dans la neige. Le garde parvint à arracher son arme à Shila et la lança au loin, dans les profondeurs du gouffre.

Shila n'avait plus rien pour se défendre. Son adversaire lui sourit, sûr de sa victoire. Shila lui cogna brusquement les deux tempes avec ses poings, d'un même mouvement. Le garde, sonné, s'affaissa sur elle. Shila le repoussa et rejoignit Myko, tout près du bord.

— Ça va? Tu n'as rien?

Il secoua la tête. Elle voulut l'aider à se relever.

C'est à ce moment qu'un craquement sourd retentit. Shila se tourna vers Myko, allongé près du gouffre. Sous ses pieds, la glace se fendilla d'un trait rapide. Elle cria et bondit de l'autre côté de la cassure pour retrouver la glace ferme. Un large bloc se rompit et se mit à déraper vers l'abîme. Myko se trouvait dessus, roulé en position fœtale.

— Myko!

Il releva la tête et regarda Shila, hébété. Petit à petit, la plaque de glace glissait, dans des grincements sinistres. Shila se jeta à plat ventre sur le sol, près de la brèche fraîche. S'agrippant au rebord, elle projeta l'autre vers le bas.

— Myko, attrape ma main!

Derrière eux, le combat faisait toujours rage.

— Myko! Ma main!

Les membres engourdis par le froid, celui-ci étira ses doigts rouges vers ceux de Shila. Elle s'arc-bouta pour descendre le plus bas possible et saisit Myko par le poignet.

— C'est bon, je te tiens!

Dans un ultime craquement, la plaque de glace se détacha, percuta un rocher et vola en éclats au fond du gouffre. Le bruit fut amplifié par l'écho de la crevasse. Myko, suspendu dans le vide, releva la tête. Shila paniquait.

— Mes doigts sont gelés, je n'ai pas beaucoup de force ! Agrippe-toi à mon poignet de ton autre main !

Il braqua sur elle ses yeux terrorisés.

— Shi...

— Mon poignet, Myko !

Elle recroquevilla le plus possible ses doigts sur les siens, sans le quitter des yeux.

— Hynamë, j'ai besoin de toi..., murmura Shila.

Myko levait son autre bras au-dessus de sa tête dans l'espoir d'assurer sa prise, lorsque sa main glissa de celle de Shila. Le long cri qui faiblit à mesure que Myko s'enfonçait dans les profondeurs du gouffre déchira les tympans de Shila.

— Myko !

Le corps de celui-ci fut catapulté loin du bord et se disloqua en ricochant contre les saillies de la crevasse, qui s'allongeaient vers le haut comme les dents d'un monstre millénaire, figé dans la glace. Il chuta tout au fond, disparaissant dans la lumière bleutée du gouffre.

— Non... non !

Shila bondit sur ses pieds. Elle voulut sauter dans un lentok pour voler au secours de Myko, mais le garde qu'elle avait assommé quelques minutes plus tôt se dressa sur son chemin. Il la toisait en se frottant les tempes, les narines dilatées.

— Le professeur Nyska sera fou de fureur lorsqu'il apprendra qu'à cause de toi, son pulsar a disparu ! Tu devras payer pour ça !

Des larmes coulaient sur les joues de Shila. Mais les mâchoires serrées, elle siffla :

— Laissez-moi passer... Il faut que j'aille le chercher...

— Et pour en faire quoi, pauvre idiote ? Il ne peut être que mort après une telle chute.

Shila recula d'un pas, genoux fléchis. Alors qu'elle allait se propulser vers l'avant et bondir sur son adversaire, un cri familier l'arrêta. De la base arrivait le dragon Hynamë. Son corps, déployé sur toute sa longueur tandis qu'il piquait dans le vent, atteignait presque les proportions de celui de son défunt père, Lokimë. Sa peau émeraude aux contours ocrés se découpait vivement contre le ciel gris, comme phosphorescente.

Hynamë plongea vers Shila. Il ne toucha pas au sol, mais s'en approcha assez pour que celle-ci puisse s'agripper à sa longue crête effilochée et monter sur sa nuque. Soldats et gardes avaient suspendu leurs gestes, hypnotisés par cette apparition. Hynamë tourna sa tête gigantesque vers eux et cracha en produisant un feulement agressif. Les Aréiens en profitèrent pour sauter dans leur cockpit. Lorsque le dragon remonta dans le ciel, il était suivi d'une file de lentoks, qui regagnèrent le cargo par le sas de décompression, ouvert à leur intention.

Hynamë fonça aussitôt en direction du gouffre. Il volait si vite que les oreilles de Shila se bouchèrent complètement et que sa capuche, gonflée de vent, l'étrangla presque. Elle la replaça sur sa tête et la tint serrée contre son visage, pour éviter qu'elle ne s'arrache. Entre ses jambes, le corps d'Hynamë était froid comme de la glace. Malgré ses vêtements d'extérieur, Shila était transie. Elle ne pouvait s'arrêter de pleurer.

Elle ferma les yeux aussi fort qu'elle le put.

Tout cela ne pouvait être qu'un rêve... Shila le sentait à la torpeur qui décalait ses mouvements, au sentiment d'étrangeté qui l'envahissait.

Le gouffre se découpait en dents de scie sous les corps joints de Shila et d'Hynamë. Le dragon s'immobilisa un instant, suspendu au-dessus de l'abîme. Se sentant attirée par le vide, Shila eut un étourdissement, et son corps vacilla. Hynamë poussa un cri qui la fit sursauter. Elle se ressaisit.

— C'est bon, on peut y aller.

Hynamë piqua du nez. Après être descendu plus bas que les rebords du précipice, il freina pour contourner les colonnes acérées qui s'élevaient du fond. Malgré son désespoir, Shila ne put s'empêcher d'être émerveillée par le spectacle qui s'offrait à elle : une véritable jungle de glace, avec ses troncs tordus, ses souches déracinées, ses fougères de cristal. Un silence creux régnait, nuancé par les vibrations élastiques de l'air qu'ils déplaçaient en avançant entre les ramifications translucides. Les lignes du paysage se confondaient, toutes du bleu azuré de la glace ancienne, peu oxygénée. Hynamë devait déambuler avec une grande prudence entre les piliers, pour éviter de les heurter.

— Myko ! cria Shila, les mains en porte-voix.

Le panorama ondula, tel le mirage déformé par la chaleur de l'Ashtaka, et Hynamë tourna la tête vers Shila en gémissant. Tout près d'eux, une branche mince se fendit, et une pluie de miettes scintillantes se répandit sur leur tête.

Même la vibration de la voix était trop violente pour cette forêt fragile.

Hynamë descendit un peu plus profondément et rampa au-dessus des racines de verre. Shila avait beau scruter les environs, elle ne voyait que des lignes brisées s'entrecroiser. Leur éclat lumineux lui brûlait les yeux.

« Pourtant, il devrait se trouver par ici... », pensait-elle.

Elle n'osait plus appeler Myko, de peur de tout voir s'écrouler autour d'elle.

Shila remarqua alors une tache écarlate dans cette effusion de bleu. Elle tira la crête d'Hynamë vers la droite pour lui indiquer quelle direction prendre. Ils s'approchèrent. D'autres couleurs s'agencèrent au rouge déjà observé : l'ambre d'une chevelure, le noir d'une cagoule tombée. Affaissé entre des griffes de glace qui surgissaient de nulle part, Myko gisait, immobile. Shila étouffa un cri.

Hynamë s'avança sans bruit, avec solennité. Il posa sa truffe frémissante contre le corps inanimé de Myko. De la nuque où elle était installée, Shila grimpa sur le front du dragon, avant de se laisser glisser jusqu'au bout de son museau. Elle se pencha au-dessus de Myko. Son visage éteint, aux yeux clos, était exsangue, et ses membres cassés en plusieurs endroits prenaient des formes bizarres en pendouillant dans le vide. Des caillots figeaient sur les plaies que les dents de glace du gouffre avaient faites en mordant dans sa chair. Ses cheveux blonds étaient imbibés de sang.

Shila tendit la main vers le visage de Myko et mit sa paume sous ses narines. Aucune buée ne réchauffa ses doigts.

Il était mort.

Shila se crispa. Hynamë souffla un coup par ses naseaux, comme pour lui témoigner sa sympathie. Elle demeura un moment ainsi, pétrifiée. Puis, elle releva la tête et étira les bras vers Myko. Elle décolla une mèche poisseuse de sang de son front et enlaça son corps disloqué. Tout doucement, comme s'il était lui aussi fait de glace cassante, elle le tira vers elle. Il était lourd, contre ses blessures à vif. Shila implora Hynamë du regard. Celui-ci le saisit entre ses dents, tourna la tête vers l'arrière et le déposa sur son dos. Shila remonta sur la nuque dentelée du dragon et installa Myko devant elle, appuyé contre sa poitrine, pour éviter qu'il ne tombe. Elle s'agrippa à la crête dorée ; Hynamë comprit qu'elle était prête. Il se faufila entre les branchages de la forêt de givre, regagnant le ciel qui s'était entre-temps dégagé.

L'Area se dirigeait vers le sud en ronflant, laissant la base d'Apikela loin derrière lui. Hynamë gonfla ses poumons pour prendre de l'altitude et le rejoindre. La porte du sas s'ouvrit pour laisser entrer le dragon et sa cavalière. Hynamë introduisit sa tête dans le hangar, son corps trop long flottant à l'extérieur. Des gardes ainsi que Laris se pressèrent autour de lui. Massés en grappes curieuses, d'autres zonés A et B observaient la scène en périphérie de la salle. Aniki se trouvait parmi eux. Elle discutait à voix basse avec un groupe de nobles et de militaires assez haut gradés, en toisant Shila de loin.

Du revers de la main, celle-ci essuya les larmes gelées sur ses joues. Puis, elle prit une profonde inspiration et se laissa tomber sur le sol. Elle s'étira sur la pointe des orteils, les mains tendues jusqu'à la nuque d'Hynamë. Elle attrapa Myko sous les bras et le fit glisser sur la peau froide du dragon. Un soldat se précipita pour l'aider. Ils déposèrent le corps par terre. Hynamë battit l'air d'un coup de queue, se propulsant vers l'arrière, et quitta le hangar de l'Area. Il fit un tour complet sur lui-même, comme pour tracer un cercle dans le ciel. Puis, il fila en flèche vers l'horizon, où il disparut.

Laris s'écria :

— Allez chercher une civière !

Les membres rompus de Myko avaient pris des formes grotesques, à plat sur la piste d'atterrissage intérieure. Shila entreprit de les replacer bien droit, comme elle l'aurait fait avec les manches d'un vêtement avant de le plier.

— Commandante, articula Laris d'une voix grave, debout derrière elle, je suis sincèrement navré... Ça n'aurait pas dû se passer ainsi.

Shila grimaça un sourire misérable.

— Tout est allé de travers..., murmura-t-elle. C'est comme si la Terre en avait après moi... comme si elle voulait me punir de lui préférer le ciel.

Elle se tut et leva les yeux sur la civière qui arrivait. Des infirmiers la déposèrent sur le sol et saisirent le cadavre par les jambes et les aisselles. Ils le couchèrent dessus avec une grande délicatesse, comme pour ne pas le réveiller. Alors qu'ils se penchaient pour reprendre les poignées du brancard et disposer du corps, Shila se redressa en sursautant.

— Attendez ! Ne l'emportez pas tout de suite !

Les infirmiers hochèrent la tête, compatissants, avant de lui laisser la place. Shila s'approcha encore une fois de Myko. Elle déposa un baiser sur sa bouche glacée et avança les mains vers son visage. Des doigts, elle écarta ses lèvres. Elle les ajusta pour qu'elles demeurent ouvertes sur un éternel « A ».

Elle se releva et se détourna.

— Vous pouvez l'emmener. Mettez-le à la morgue, je vous prie.

— Quand doit-on prévoir l'incinération, dame Shila ? demanda Laris.

— Il ne sera pas incinéré.

— Bien, commandante. Quelles sont vos instructions pour la suite ?

— Nous irons en Ashtaka, comme prévu, répondit-elle d'une voix égale. De toute façon, c'est le seul endroit sur Terre que je connaisse et où nous avons une petite chance de trouver du soutien. La Tuuli nous est hostile désormais.

Elle se détourna et marcha jusqu'à un hublot, à la droite de la porte du sas. Elle plaqua sa main contre la vitre et ajouta, après un silence :

— Ensuite, nous capturerons l'abeille d'Hynamë.

Axifelle somnolait, étendue sur le lit de la chambre où elle se trouvait toujours enfermée, sur la base. Le côté gauche de son visage, ses deux bras, ainsi que l'une de ses mains étaient enveloppés de plusieurs couches de bandes de gaze. Des ecchymoses couvraient son corps et l'obligeaient à demeurer immobile. D'autres marques, camouflées par ses vêtements, témoignaient de la cruauté dont elle avait été victime lors de la séance de torture. Elle avait longtemps pleuré après, sur son sort et sur celui de Myko. Elle l'avait trahi. Assommée de désespoir, elle avait fini par sombrer dans un sommeil agité, hanté par ses démons.

Lorsque la porte s'ouvrit et qu'Axifelle entendit la canne quadripode claquer sur le plancher, elle se redressa sur sa couche, complètement réveillée. D'avoir bougé ranima aussitôt la douleur dans ses membres, et elle grimaça. Elle ramena ses bras plâtrés contre sa poitrine, tournant le côté brûlé de son visage vers le mur. Elle haletait d'effroi ; Arken venait de pénétrer dans la pièce.

Axifelle braqua sur lui des yeux terrifiés. Un râle incontrôlable s'échappa d'elle. Arken lui parut plus sinistre, plus enragé que jamais. Ses yeux sombres avalaient la lumière, comme deux trous noirs. La canne frappa une fois le sol alors qu'il avançait vers elle, terrible.

— Myko m'a échappé, annonça-t-il. Je crois bien qu'il est mort.

Axifelle poussa un gémissement. La douleur fondit sur elle comme une vague de lave vive : Myko était mort par sa faute.

— Il n'avait pas le tiers de ton efficacité, du temps où tu étais fonctionnelle, mais, tout de même, c'était un pulsar. Il m'en faut un autre.

Arken tourna le regard vers la porte restée entrouverte, et une tête se glissa à l'intérieur. Axifelle poussa un cri. C'était le garde qui l'avait torturée, deux jours plus tôt.

— Non, Arken, pas ça, je t'en prie !

— Je dois retrouver la famille de Myko. Il n'est pas apparu en ce monde d'un coup de baguette magique. Il avait bien des parents, peut-être même des frères, des sœurs, des cousins. Autant de précieux pulsars sur lesquels je veux mettre la main. Mais cette maudite Shila a réussi à supprimer le contrôle que je détenais sur l'Area. Le vaisseau s'est enfui, emportant avec lui les archives. Impossible de les consulter désormais.

— Tu n'y aurais rien trouvé de toute façon ! s'écria Axifelle.

Elle avait parlé d'un air de défi, tout d'un coup très sûre d'elle, mais se mordit aussitôt les lèvres et baissa les yeux. Arken eut un sourire en coin. Il avança d'un pas ; il était tout près du lit maintenant.

— Qu'est-ce que tu en sais, Axifelle ?

Celle-ci rentra la tête dans les épaules sans répondre.

— Tu dis cela parce que tu sais que Myko n'a pas de famille... ou parce que Shila et toi avez fait disparaître les documents compromettants ?

— Tu es fou ! se défendit Axifelle, la voix rauque.

Mais elle avait rougi et ne sut quoi dire de plus pour cacher la vérité à Arken. Son esprit ne lui obéissait plus. Elle fixait un regard terrifié sur l'homme debout derrière Arken. Le garde sadique faisait tournoyer dans sa main sa matraque électrique, comme un bâton de majorette. Il lui souriait, impitoyable. Axifelle était hypnotisée. Son corps était paralysé, tendu comme un élastique étiré au maximum, sur le point de se rompre.

— Oui, tu es au courant..., murmura Arken pour lui-même. Il existe un autre pulsar... et tu le connais.

— Non ! hurla Axifelle.

— Je peux lire en toi comme dans un livre ouvert. Tu es prévisible et incapable de mentir. Je te manipule à ma guise aussi facilement maintenant que dans le temps où tu étais sous l'influence du syndrome. Comment peux-tu croire encore être capable de me cacher ce que je désire savoir ?

— Myko était le seul, je te le jure !

— Je n'hésiterai pas à te tourmenter à nouveau.

Le garde saisit son arme. Dévisageant Axifelle avec insistance, il appuya sur le bouton de mise en marche. Une lueur bleue éclaira le sourire du bourreau. Axifelle cria :

— Non, pas ça !

— Alors, parle maintenant.

Recroquevillée dans son lit, Axifelle toisait, terrorisée, le garde à la matraque. Elle tremblait. Son esprit se satura d'images et de sensations. Les brûlures. Les coups. La peau qui se fend. Les os de ses bras se brisant. La peur. La douleur. La honte. L'impression de perdre son humanité, de n'être plus rien qu'un misérable animal. Le désir irrépressible que tout cela cesse sur-le-champ. Que cela s'arrête à jamais. Ou mourir.

Sa mâchoire refusait de lui obéir. Elle finit par ouvrir la bouche :

— J... j...

— Parle, Axifelle. Je t'écoute. Et sache que je saurai me montrer clément avec toi si tu me donnes un pulsar en pâture. Nous avons fait un bon bout de chemin ensemble. J'ai extrait presque tout le jus qui se trouvait dans le fruit. Peut-être que si je suis satisfait de ce que tu me diras, je déciderai de te rendre ta liberté.

— Ma... li... ber... té ? bredouilla Axifelle, confuse.

— Un aller simple pour Hyemalis. Juste pour toi.

Axifelle regarda Arken avec de grands yeux innocents. Il lui sourit. Et aussitôt, son regard aimanté revint sur la matraque.

Quelque chose se brisa en elle.

— Il s'appelle Eksila, dit-elle d'une voix qu'elle ne reconnut pas. C'est le cousin de Myko. Il a six ans et présente les mêmes symptômes que moi à l'époque. C'est le dernier. Myko n'a pas d'autre famille porteuse du gène.

— Où le trouverai-je ?

— Il est issu de la Zone B. Quand je me trouvais sur l'Area, il était hospitalisé à l'infirmerie pour un traumatisme crânien et une jambe cassée.

— Voilà qui est parfait. Je suis très content de toi, Axifelle. Je saurai te récompenser pour ta collaboration, sois-en certaine.

Axifelle ne répondit pas. Elle avait le regard perdu dans le vague, ses bras cassés croisés sur le ventre. Deux traits humides, se dessinant lentement sur ses joues, firent luire les blessures de son visage.

chapitre 40

Trois jours avaient passé. Sur la base d'Apikela, dans la plaine glacée de la Tuuli, un véritable branle-bas de combat s'opérait. Arken, emmitouflé de la tête aux pieds pour se protéger des assauts du vent polaire, dictait ses ordres à l'aide d'un porte-voix. Pas plus de la moitié de ses hommes s'étaient tirés indemnes de l'affrontement avec les Aréiens. Une centaine de ses gardes seulement tenaient encore debout. Ces derniers avaient été rassemblés près d'un des cargos abandonnés, le Galesiki.

Le sas fut ouvert. Un vrombissement se fit entendre, suivi d'un fort grincement métallique. La porte coulissante se rétracta, glissant dans les solives d'acier du haut plafond. Bientôt, le hangar se retrouva baigné dans la pâle lueur matinale de l'Arctique. Les hommes pénétrèrent dans le Galesiki, s'avançant dans le hangar. Les lentoks, qui y étaient stationnés en rangs serrés, attirèrent leur attention.

Au-dehors, la machinerie qui avait servi à percer la carapace de l'Area — foreuses et torches immenses — avait été déménagée à proximité du Galesiki. Arken cria :

— Chargez l'attirail à bord !

La passerelle d'embarquement s'abaissa et fit voler un nuage de neige lorsqu'elle heurta le sol. Aussitôt, les gardes d'Apikela entreprirent de transporter l'équipement à l'intérieur du vaisseau. Arken regardait ses hommes s'échiner, l'air grave.

Il songeait à Eksila, le dernier pulsar. Un enfant de six ans, blessé. Ses yeux brillèrent : une proie sans défense.

Aux commandes du Galesiki, il savait qu'il avait de bonnes chances de défaire le cargo ennemi et de soumettre les Aréiens. Il avait suivi le déroulement de la bataille entre les troupes d'Iloni et de Valer avec intérêt, depuis les écrans de la salle de contrôle de la base. Les Aréiens avaient réussi à s'en tirer, mais de justesse, en faisant appel à cet allié instable qu'est le feu. De plus, Arken pouvait compter sur des troupes ennemies affaiblies et réduites en nombre. Les combats qui se succédaient depuis un an sur l'Area les avaient ravagées. Malgré ses propres rangs fauchés par les récents événements, Arken espérait y trouver avantage. Et il possédait les foreuses et les matraques électriques. Shila ne pourrait pas tous les défendre cette fois-ci.

Kylma se trouvait près de lui ; un pansement lui enserrait le nez et le front, un autre s'enroulait autour de sa gorge, et des ecchymoses s'étendaient sur ses joues. Les blessures infligées par Shila n'étaient que superficielles, cependant, et n'avaient pas empêché Arken de le désigner pour diriger les opérations.

— Dès que les machines seront embarquées, je veux que les autres hommes et toi-même exploriez le vaisseau. Il nous faut maîtriser autant que possible chaque aspect de la vie dans le ciel. Les Aréiens sont en avance sur nous sur ce point, et j'espère que nous saurons minimiser notre handicap. Vous vous entraînerez à voler avec ces petits avions, les lentoks. Ils nous seront utiles pour l'offensive que je désire mener. Je vous donne deux semaines pour vous transformer en parfait peuple céleste. D'ici là, je ferai transférer nos blessés à l'hôpital de Hyemalis et déménagerai le matériel de la base sur le Galesiki.

— Et que comptez-vous faire d'Axifelle?

Arken prit quelques secondes pour répondre.

— Elle ira à Hyemalis, elle aussi. Si cet Eksila est un véritable pulsar, comme elle le prétend, elle ne me sera plus d'aucune utilité. Mais je garderai un œil sur elle, juste au cas où les opérations tourneraient mal. Je connais beaucoup de monde dans la capitale. Elle ne réussira pas à se cacher de moi.

Kylma signala son assentiment. Il se pencha vers Arken.

— Permettez-moi de vous faire remarquer cependant, professeur, qu'en deux semaines, l'Area aura tout le temps voulu pour se volatiliser. Et maintenant que la salle de contrôle de l'Area a été détruite, il nous sera impossible de le localiser. N'est-ce pas là un problème?

— Le système du Galesiki possède ses propres instruments de repérage. Dès que nous serons à vingt kilomètres de distance, nous obtiendrons leurs coordonnées exactes.

— Pardonnez-moi, rétorqua Kylma, mais cela ne nous aidera pas à découvrir sous quelles latitudes ils se cachent.

— Nous n'avons pas besoin d'instruments pour cela. Je sais exactement où l'Area se dirige.

— Où donc ?

— Les Aréiens auront besoin de nourriture et de carburant. Maintenant qu'ils savent quel sort on leur réserve en Tuuli, le seul endroit sur Terre où ils sont susceptibles de trouver un accueil favorable reste la ville où Shila a vécu, Terata.

Arken se souvenait de l'entretien qu'il avait eu quelques semaines plus tôt avec Shila, au cours duquel elle lui avait révélé qu'elle n'était pas issue du peuple céleste. Il avait été tellement surpris de l'entendre dire qu'elle venait du pays d'Ashtaka, elle qui pourtant avait réussi à capturer l'abeille de Lokimë !

Les Aréiens n'auraient pas le choix de retourner sur la terre ferme un jour ou l'autre, afin d'y refaire le plein. C'était un problème dont ils n'avaient jamais eu à se soucier, puisque l'équipe de ravitaillement d'Apikela leur livrait à bord tout ce dont ils pouvaient avoir besoin. Mais plus personne n'était là pour veiller sur eux désormais, et Arken espérait pouvoir tirer parti des nouvelles difficultés auxquelles ils auraient à faire face.

Kylma, sceptique, jaugea Arken quelques instants. Celui-ci pinça les lèvres.

— Je sais que mon hypothèse est un peu faible, Kylma, mais c'est tout ce que nous avons. Nous ne pouvons nous lancer aussi vite à la poursuite des Aréiens. Nous ne sommes pas prêts.

— Effectivement, il ne sera pas aisé pour nos hommes d'apprendre en si peu de temps à contrôler la barre de ce gigantesque vaisseau.

— Je suis bien conscient de tout cela. Ne t'en fais pas, j'ai mon idée là-dessus. Des pilotes expérimentés viennent tout juste de débarquer à Hyemalis. Je suis persuadé qu'ils se laisseront convaincre de reprendre le gouvernail.

— Les Galésikiens ?

— Exactement.

— À voir la joie avec laquelle ils ont mis le pied à terre il y a quelques semaines, je ne suis pas si sûr qu'ils répondront à votre appel.

— Entre une vie misérable dans un logement social miteux et celle de roi dans une ville d'or et de palladium, que choisirais-tu, Kylma ?

— Vous allez leur refaire le coup d'Unelmyna ? s'étonna celui-ci.

— Ils ne savent toujours pas, eux, que c'était un leurre. De plus, ils vouent une haine sans borne aux Aréiens et se feront un plaisir de les décapiter pour moi. Ils remonteront à bord, j'en suis persuadé.

— Espérons que cela réussira à les appâter.

— Si je dois les ligoter et les menacer de mort pour qu'ils acceptent de reprendre leur poste, je n'hésiterai pas à le faire.

La commissure des lèvres de Kylma se retroussa pour former un sourire de connivence.

— Je vous crois, professeur. Je n'ai pas le moindre doute là-dessus.

***

Dans les couloirs de la Zone A, des nobles cognaient discrètement à la porte les uns des autres. Des groupes se formaient dans les appartements, dans les boudoirs fermés.

Dans les salles d'entraînement de la Zone B, quelques-uns des rares soldats à être toujours en mesure de se battre s'appuyaient sur leur sabre de bois près de la fontaine et discutaient à voix basse. À l'infirmerie, autour de couchettes où étaient étendus les militaires trop mutilés pour se déplacer, des infirmiers et d'autres blessés débattaient.

Dans la Zone C, les boudoirs n'avaient jamais été aussi populaires. On s'y entassait par dizaines, et des sentinelles de la Zone B, oubliant leur répugnance pour le petit peuple, venaient y professer le nouvel ordre de pensée.

Et on complotait.

— Dame Shila est en train de perdre la tête.

— Elle ne peut plus gérer le vaisseau.

— Je ne peux croire que nous ayons repris notre envol ! Et la Terre, qu'en fait-on ?

— Nous en rêvons depuis si longtemps... Comme c'est cruel de la voir s'éloigner de nouveau !

— Certains membres de l'équipage sont heureux de notre retour dans le ciel. J'ai surpris une discussion de mes voisins de cabine : ils se disent soulagés d'avoir quitté cette Terre inhospitalière et louangent l'héroïsme de dame Shila.

— Ce sont des êtres faibles qui ne savent plus ce qu'ils veulent.

— Ils ont le cerveau lessivé et accepteraient n'importe quoi du moment que l'Area n'est plus encerclé d'ennemis.

— Moi, je suis loin d'approuver les décisions que dame Shila a prises depuis le début de son règne. Deux mois à peine se sont écoulés, et regardez où nous nous trouvons : retour à la case départ, l'espoir de vivre sur Terre en moins, et des morts en plus.

— Cela ne peut plus continuer ainsi.

— La princesse Aniki nous ferait une commandante à notre image.

— Elle est mille fois plus digne de la barre que ne l'est cette étrangère de Shila.

— La princesse est de sang céleste, elle !

— On m'a même raconté que Shila était une enfant illégitime issue de l'adultère...

— C'est vrai, Shila est une bâtarde ? Quelle honte pour nous d'avoir une telle commandante !

— Réclamons sa destitution.

— Elle n'acceptera jamais.

— Si tout l'équipage l'exige, elle ne pourra faire autrement.

— Rallions les autres à notre cause !

— Il faudrait que le général Laris se range de notre côté : elle aurait ainsi l'armée contre elle.

— En tant que colonel, je suis son bras droit. Je crois pouvoir influencer son opinion.

— Oui ! Une commandante aréienne pour le peuple aréien, voici ce que nous désirons. Et nous l'obtiendrons !

Aniki observait tout cela et souriait.

Table des matières

Les Pulsars – tome 3

Retour à Terata

Shila aux commandes, l'Area fuit la Tuuli et met le cap sur la Terre après avoir déjoué la surveillance d'Apikela. Shila conduit le cargo vers sa ville natale : Terata. Là-bas, elle rencontre Ikarim, avec qui elle travaillait comme tueuse à gages à la solde du maître. Ils décident de collaborer pour protéger Eksila, le tout dernier pulsar. Cela ne sera pas sans péril...

Sur l'Area, la tension monte. Shila est dévastée par la mort de Myko. Elle n'a qu'une pensée : capturer le jeune dragon Hynamë pour lui arracher son abeille et redonner la vie à celui qu'elle a perdu. Cette obsession ne fait pas l'unanimité. Aniki est contre ce projet, et beaucoup rallient sa cause. La grogne augmente, l'équipage est déchiré. Lorsque le Galesiki apparaît sur les écrans radars, tout bascule.